女发言人

夏景 著

中国青年出版社

图书在版编目(CIP)数据

女发言人/夏景著.—北京：中国青年出版社，2009.7
（薪女生小说）
ISBN 978-7-5006-8735-1

Ⅰ.女… Ⅱ.夏… Ⅲ.长篇小说－中国－当代 Ⅳ.I247.5

中国版本图书馆CIP数据核字（2009）第057648号

书　　名：女发言人
作　　者：夏　景
责任编辑：庄　庸
特约编辑：叶　子
装帧设计：高永来
出版发行：中国青年出版社
社　　址：北京东四十二条21号
邮　　编：100708
网　　址：www.cyp.com.cn
门市部电话：(010)84039659
印　　刷：三河市君旺印装厂
经　　销：新华书店

开　　本：700×1000　1/16
印　　张：14.75
插　　页：1
字　　数：210千字
版　　次：2009年8月北京第1版 2009年8月河北第1次印刷
印　　数：1-10,000册
书　　号：ISBN 978-7-5006-8735-1
定　　价：29.80元

本图书如有任何印装质量问题，请与印务中心质检部联系调换。
联系电话：(010) 84047104

目　　录

1	第 一 章	高龄遛鸟族
8	第 二 章	人肉搜索
15	第 三 章	光明正大
24	第 四 章	能干又漂亮
31	第 五 章	必须八卦
36	第 六 章	三次见面
47	第 七 章	安接生
53	第 八 章	她身后的男人们
62	第 九 章	X光室
69	第 十 章	那年夏天
77	第十一章	春心荡漾
84	第十二章	女人痴男人迷
91	第十三章	整黑材料
97	第十四章	更多的口水事儿
107	第十五章	神秘大法
115	第十六章	掏不出手

目 录

121	第 十七 章	小县城里的整形大夫
127	第 十八 章	惊弓之鸟
133	第 十九 章	欲言又止
138	第 二十 章	她的父亲母亲
145	第二十一章	喊山
152	第二十二章	出外靠朋友
157	第二十三章	王大胆儿
163	第二十四章	红裙子 黑皮鞋
169	第二十五章	爱情的鞭子
174	第二十六章	小家子气
183	第二十七章	我也被搜索了
190	第二十八章	难兄难弟
198	第二十九章	她的团长她的团
203	第 三十 章	那张老相片
211	第三十一章	清算
219	第三十二章	秘密语人生

第一章
高龄遛鸟族

刚上班，我就觉得气氛不对。

走廊上新拖的地板湿漉漉的，空气中散发着消毒水的味儿。

昨晚大夜班的老朱还没走，正在给一个病人处理伤口。病人说，骑摩托车过隧道时，走错车道。为了躲开一辆大货车，蹭到墙体上，右腿裤子完全刮破，肉都翻了出来。他大呼小叫，以期引起深切同情。

老朱对病人的渴望，明显心不在焉，对扶着门框向走廊张望的一个护士说："干吗挡着门，进来进来！"

他在等什么人吗？还是想看到什么人？

病人莫名其妙地将头转向门口，只见走廊上人来人往，医生护士们正纷纷就位，但一会儿，就不停地有人将头探进来，并不多说话，只是看看就走。

我很快就发现，其中不乏其他科室的人。

"他们是来看我的吗？"病人自我感觉颇好，这么问着，又看看自己腿上七扭八拐的针线，脸上既得意又恐怖。

朱大夫瞪着他撇嘴，讽刺道："你以为你是阿娇啊？"

我冲刚伸头进门口的一个女人大喝一声："看什么哪，魏佳？"

魏佳是三楼心血管科的实习大夫，人蛮活泼，才来两三个月，已和大家搞得熟门熟路。"周大夫。"见躲闪不及，她只好走了进来，东张西望，"你们科一大早，就挺热闹啊。"

我说："你是找谁还是怎的？"

"不找。"她表情讪讪，要往外走。就这么会儿工夫，门口又探进来好几个人头，有我们外科的，也有别的科室的，连手术室的麻醉大夫都跑来了。我一把拽住魏佳，扭头问老朱："人来人往，出什么事了？"

老朱已经给病人缝好了伤口，正坐在桌边开处方。病人低头瞅着自己破破烂烂的裤子，一声长叹。老朱逗病人："我说，你该不是个通缉逃犯吧。"

"不敢不敢，"病人赶紧谦虚，"蹭破点皮，怎能配当逃犯。"

打发走了病人，老朱站起身去洗手。魏佳向我讨饶："放我走吧，周医生。我们要点名了。"

老朱意味深长地冲魏佳点点头:"你这小丫头片子,跑得也忒欢了吧。真是应了那句话,好事不出门,坏事传千里啊!"

魏佳一边匆匆离开,一边赞同:"可不是咋的。这世道,人心叵测呢。谁能想到,会出这事。"

她白大褂一闪,出了门。我正要问老朱详情,白班的其他两个大夫已经走了进来。

"签到喽签到喽,"他们嚷嚷着,"不签白不签。"

口气颇为兴奋,一扫往日上班没精打采的模样。

旁边骨科、烧伤科陆续有人端着水杯,来我们这里要水喝。那些个护士,更是川流不息人来人往。有病人在门口探头,嘟嘟囔囔地说,挂了号,可坐门诊的大夫还在住院部。

这才有人跳将起来:"对对对,今天该我去门诊!"

乱七八糟,处处都乱七八糟。

主任张齐还没露面,这老家伙是睡过了头,还是院部有会议?刚一想到他,就听有人在说:"张主任今天不来了吗?"

一言既出,值班室里顿时鸦雀无声。我吃惊地望出去,就见每个人的脸上,都写着"讳莫如深"四个大字。

张齐出事了?

难道全天下,就我一人蒙在鼓里?

老朱是副主任,见主任没到,就铁肩担道义,跳了出来,大声整顿秩序:"各就各位,病人来了看见像什么样!"

又加一句:"上班时间,不许议论私事。"

几个实习生去提开水,拿病历,换墨水,一边做事,一边交换眼色。我心里又惊异不止,到底出了什么事哟,为何单单就我不知?

回想昨天下午下班时,都还没有任何异样,那么事情的发生,一定是在昨天晚上!

难怪,这也是为什么我会两眼一抹黑的原因了。

因为昨天晚上,我关了手机,在郊外给熙娴过生日,过完生日,我趁热打铁,求婚成功,接着发光发热,跟她缠绵了一夜。

那么昨天晚上，到底出了什么我不知道的大事？

想到这里，我连忙开机。随着悦耳的铃声响起，一连串的提示音接踵而至，先是几个未接电话，又是好几条短信。其中竟有一条，正是老朱发来的。小心翼翼的一个问句："上网看新闻了吗？"

咦，我们的关系什么时候这么亲密过，竟然问起上不上网的事情来。

其他几条短信，大部分是别的科室的大夫发来的，有开门见山的，有吞吞吐吐的，还有皮里阳秋打外围之战的，综合几条信息，我终于知道了事情的大概。

果然和我们科室主任张齐有关，这也就解释了为什么一大清早，就有这么多人在外科门口探头探脑。而且，事情还不仅仅这么简单，要知道，让张齐受牵连，被网络曝了光的女人，8年前还是我们医院的医生哪。

她叫王皓雯，离开医院前，只是一名普通的内分泌科大夫。和同事关系不错，还得过两次先进工作者的称号。

后来，她被借调去卫生厅帮忙，时间不长，很快就正式调了过去。再后来，她又调去市政府工作，三年前曾任某区副区长。

她渐渐成了我们江中市的一颗政治明星，上升之快，令人咋舌。昨晚事发之前，她是江中市政府新闻发言人，经常露面于江中台的晚间新闻，另有《江中日报》、《江中晚报》、《江中都市报》等媒体。

齐肩发，干净利索的西服套装，半高跟鞋，天气冷的时候，脖子上会扎颜色别致的丝巾。她眉眼清秀，皮肤白皙，表情庄重，身材高挑。讲起话来从不声嘶力竭，官话都能说得委婉动听。

在诸多官腔十足、套话连篇的地方官员当中，颇让人耳目一新。

总之，她非常符合时下年轻知性的官员形象。

都说天有不测风云啊，谁能想得到，她会以这样的方式栽了跟头？

事情得从半年前讲起，江中市的市委常委中，一夜之间被双规了好几个，全部都牵扯到几年以前，本市最大的改造工程中。

接着，是副市长落马、人大主任落马，后面相跟着无数单位的头头，银行、国土局、城建局、财政局……连我们医院都换了人马，主任张齐，

第一章
高龄遛鸟族

早已做了副院长,本来是下一届院长的当然人选,可他紧跟的卫生厅某厅长,因跟了被撸下来的副市长而遭冷遇靠了边,张齐也就成了这根线上的小蚂蚱,蹦跶不成了。

不仅院长没当成,副院长也在改选中被选没了,只能回到我们科室,做个小小的主任。

虽然政坛变化多多,但对我们平头老百姓来说,除了说说牢骚话,并不能真切地感受到什么。即便张齐的倒霉事儿就在身边,但大部分人还是坚定地认为,那些人那些事,和我们又有什么关系呢?

直到一个月前,百度的江中吧上,出现了一个帖子,题目危言耸听,叫做:"罗主任到底贪污了多少钱?"才引起了江中百姓的热议。

帖子里说的罗主任,是指江中市的前人大主任罗尚明,曾经做过江中市的市委书记和市长,三年前,到人大做了主任。

他在江中为官多年,飞扬跋扈。

这样的官员,在老百姓眼里,被抓或落马,只是迟早的事情吧。

帖子一出,立刻跟帖者众多,讽刺的、谩骂的、吐口水的、幸灾乐祸的……接着,突然有一天,有人又贴出了这样一个帖子,据说是从罗尚明写的检查里摘要出来的。

除了被抓官员可以比照抄袭的自我检讨的话以外,文字中令人眼前一亮的,是这样两句话:

"我曾先后和十几位女同志,发生过不正当的男女关系。她们中有在校女大学生,有歌舞厅应召女郎,有女教师、女商人,还有政府官员。极个别女人,借此爬到了比较高的职位。"

帖子很快被删了。

没有想到,却被手疾眼快之人,转发在了某热门网站的××杂谈里。

这一来,《一个贪官的感情自白》、《该不该揪出那些女人》、《贪官背后的女人们》、《贪官的情妇们今在何方》……各种眼花缭乱的文章,以迅雷不及掩耳之势,散布在了国内各大网站。

有道是,群众的眼睛是庸俗的,大家感兴趣的话题,原来都差不多。

罗尚明检讨中的那两句话,很快被单独列了出来,变成了"题眼":

贪官、女人、情妇，被累次提及，同时被提起数目之高的一个词还有"女官员"。

女教师、女商人，甚至女大学生，渐渐都落后于女官员这三个字了。

官员得利容易，如果能被抓到什么把柄，当然要被老百姓用放大镜看个透，更有痛打落水狗之心态。

罗尚明为什么要说出这样的话来呢，有人分析说，也许他以为，多讲点作风问题，就能减轻人们对他经济问题的关注。世俗社会，凡人都喜欢盯着这类故事不放。从这点看，就能看出此人下流、市侩的本性来。

还有，抛出这么些个女人来，说不定还能让他沾沾自喜呢。即便被抓，他也比别的男人有本事，而且那些个女人，靠着他发的发、升的升，他出了事，她们却毫发无损，当然也让他不快喽。

网上一转载，就等于将这事炒热了。

发这个帖子的人，到底是仇恨罗尚明，还是在帮罗尚明，一时间众说纷纭。江中吧估计是被警告了，再也见不到类似的帖子了。但其他网站，却大有要借此事，闹个水落石出的架势不可。

一个叫小白菜的网友，在他的博客里声称，他就是江中人，政府官员，和罗尚明打过很多次交道。他说罗尚明根本是个赤裸裸的变态狂人，玩弄的女性，肯定没有他说的十几个那么少。十几个，只可能是和他常有联系的女人的数量。

这篇博客，立刻在网上引起了强烈的轰动。罗尚明一定不会想到，他检讨里随随便便几句话，会在全国引起这么大的反响。很快，又有人爆料，罗尚明有黑社会的背景，他主持江中市公安工作的那几年里，参股开过好几家歌舞厅。他检讨里说的女商人之类，基本都是歌舞厅里的妈咪、应召女郎。

为了达到赚钱的目的，他还和某某公安局长沆瀣一气，不仅靠抓嫖客挣钱，还公然当做这些娱乐场所的保护伞，替当红小姐捧臭脚，抗拒工商部门的检查等等。

罗尚明彻底臭了，江中抓了那么多官员，唯独他成了真正的"丑闻明星"。

这时就有人猜测，让罗尚明出这个风头，是其他几个官员的阴谋，目的为了让大家转移注意力，集中火力对付罗尚明。但不管怎样，罗尚明已经成了广大网民的众矢之的，随着网络链接的丑事越来越多，终于有人发出了"人肉搜索"这样的呐喊。

每天只要上网搜罗尚明三个字，就能看到很多消息，消息下面，留言者众多，比较好玩的有：

"罗尚明——高龄遛鸟族！"

"真的猛男，敢于面对无数的女人。"

"搜出他的出生地、所上的学校、他的家人，让贪官永无葬身之地。"

"搜出他所说的那些女人来，让这些厚颜无耻的女人无处可藏。"

"罗尚明玩弄处女，如果属实，应该算是强奸犯！杀！杀！杀！"

"我是一名律师，愿意免费为他当年欺负的女孩子和其家人打官司，有意者请打我的电话，138×××××××××。"

"私家侦探所，为你侦探家庭问题。有意者请联系……"

"娇媚的花才刚开，请QQ联系我。"

"搜！搜！搜！上天有眼，坏人坏事，一定会得到报应的！"

"此情可待成追忆，只是当时已惘然。"

咦，竟有人来讲哲学了。

总之，这小半个月，江中人无论吃饭，还是喝酒，或是开会，都是绝不缺乏谈资的。屁点大的地方，山高皇帝远，好不容易成了全国人民关注的焦点，连江中的特产——驴鞭，都前所未有地受到了重视。

江中这几个被抓的官员，一直没有公开审理。大概还在取证阶段，但罗尚明，却一次次被公审机关所提及。虽然口径一致，说的都是证据还需要夯实，一定会依法判决之类的官话，但他的影响之大，是可见一斑了。

都猜，虽说他的官位不是最大，却很可能会因民愤，第一个被审。

第二章
人肉搜索

第二章
人肉搜索

没有网络前，人们视隐私、尊严、名誉胜过生命，现在呢？丑闻八卦便是生命。

突然有一天，大家看到了一个雷人的留言。

从IP看，是从日本发来的。话很简短，寥寥数行：

"罗尚明的老婆在江中市人寿保险公司做老总，为人专横，常利用罗尚明的官位，强行给其他单位分派保险。而且也是贪官一名。她的手机号码是133××××××××，家里电话号码是7754××××。罗尚明家在江中市郊的一所公寓，300多平方米的复式楼。但这房子归他儿子、儿媳从国外回来时住，他们还有别墅或商品楼，谁也不知道他常落脚在哪个女人的住处。"

我枉在江中出生又长大，这么多年，竟不知道江中有这所公寓。看到这个留言后，我二话不说，抄起办公桌上的电话，就开始拨罗尚明老婆的手机和家里的电话，至于拨通了要干点什么，却一点也不知道。

事后我问了至少十个人，他们都说自己拨了那两个电话的。

可惜电话都不通，一个忙音，一个无法拨通。

到了第二天，就有人兴冲冲地问我："你去那所公寓看过没有？"

我摇摇头。

"昨天晚上，据说有好几百人，骑着摩托车在外面疯转，非要冲进去不可，保安管不住了，叫来警察。纵是这样，他家的门也遭到了破坏。"

我吃惊，江中人平时看起来闷头蔫脑的，竟还有这么多唯恐天下不乱的人啊？

于是我赶紧又上网搜索，果真，看见了好几张照片，据说就是在罗尚明那个公寓的家门口拍的。大门上有红油漆写的"老流氓"、"贪官"之类的字，笔画处滴下汁来，血淋淋、够惊悚。

又有人照了头天晚上在这所公寓外面聚众的摩托车队，还有警灯大开的照片。

终于，晚间新闻里市长出来讲话了。让江中的广大群众，不要一味听信网络上的风言风语，要相信政府，相信党，相信法律，罗尚明所犯罪行，该查清的一定会查清楚，决不姑息，也决不宽容。因为还在大量的取证阶

女发言人

段,所以还不能做到公开审理。希望群众能有耐心,有宽容之心,做讲素质、讲文明的好公民。

市长讲完话,就是新闻发布会。

一时间全国竟来了好多记者,主持新闻发布会的,正是王皓雯。

那天她打扮得格外干练,剪短了头发,雪白的衬衣领子,翻在藏蓝色西装的外面。薄施脂粉,唇红齿白。讲起话来,有条不紊,慢条斯理,大家都觉得,她真给江中市争光。

也是在这次发布会上,她让江中市民都知道了,她正在读在职博士,是政治思想方向的博士,她在回答一个记者的问题时,说,自己一直在学习这方面的理论知识,她认为这也是一个公务员应该具备的知识。

新闻发布会的第二天,就有人问我:"看了昨晚上的本市新闻吗?"

我说看了。

对方就用一种既不屑又荒诞的口气说:"王皓雯居然读博士了,你知道吗?"

我点点头,说:"那又怎样,现在做官的,谁不读博士?"

"她可真牛啊,你知道不知道她最初的学历是什么?"

我当然知道,可我也得装作是听别人说的:"好像是护校吧。"

"是的,"对方义愤填膺,"她能当上医生,本身就是一个笑话。现在倒好,居然成了博士了。"

"就不兴人家活到老,学到老?"

"哼,谁知道这里面有什么猫腻!"

我知道我这些个同事们,之所以会这样接受不了王皓雯读博士的事情,是和我们自己的处境大有关系的。

医院里一方面很希望年轻医生获得高学历,另一方面所有的岗位都离不开人。加上医学专业的硕士,更别提博士,都异常难考,考上了也很难毕业,所以取得更高学历,基本上是人人心中的痛。

个别考上了的,医院也并不像高校,或是政府部门,可以报销学费的同时,发放工资。而是扣全部工资,待拿到文凭后,再报一部分学费。

所以,说到这个问题,大家都有怨言。

但那又怎样，像我这样的大夫，30多岁，放弃了继续读博，就努力拼职称，我刚拿到副主任医师的资格，感觉各方面好办多了。

王皓雯的新闻发布会，让网络上关于罗尚明的传闻平息了很多。江中人开始在私下散布各种版本的小道消息。

山寨版：罗尚明的老婆在保险公司给员工开会，要求每人写一篇对当前江中形势的思想感悟，她威风凛凛，口气强硬，一口一个"罗主任是被人陷害的，"还说，罗主任抓公安工作那么多年，上上下下都对他很敬爱。出了这样的事情，公安干警们非常悲愤，纷纷说，对那些故意捣蛋的，无论是在网上，还是在现实生活中散布流言蜚语的人，都绝对不会心慈手软！

雷人版：但很快，又有人说，哪里是这样啊，罗尚明出了这么大的事，他老婆还会一点牵连也不受？半年前罗尚明刚出事，她就溜了，出国去儿子媳妇那里避风头了。超了假也不回，听说已经入了新加坡国籍。

色戒版：罗尚明的老婆，因为罗尚明风流事如此曝光，不由大怒，不仅坚决发誓要和罗尚明脱离夫妻关系，而且主动去找纪委，要求揭发检举罗尚明不为人知的贪污事实。因为揭发材料中牵扯人员太多，她已经被秘密关押起来了。

除了罗尚明老婆的故事，我也开始听到罗尚明背后女人们的故事。

竟然是从一个病人嘴里听到的。

那天正好我值大夜班，他醉酒从高台阶上摔下来，小腿骨折。处理完伤口，打电话通知了他的家人，办了住院手续后，他酒也醒了，面露惭愧之色，握住我的手说："疯狂了疯狂，不小心疯狂了。让大夫费心，给你添了麻烦。"

我当时也没客气，说："有老婆有孩子的，半夜三更，还喝什么酒呢！肯定是去非法场所了吧。"

他摇摇头，立刻又点点头。说是的是的，真还是去的歌舞厅。可是你知道我是去做什么吗？

说到这里，他面露诡异之色，语气玄机重重。

看着可笑，我说我哪里知道啊，寻欢还是卧底啊？

女发言人

"咳，应该算卧底吧。"他说，"几个朋友，非要带我去开眼，就是金沙歌舞厅，听过吗？秀圆路上的那一家？金碧辉煌，美轮美奂！"——哈，形容词都上来了——我说改天你带我去开开眼吧。

"没问题没问题，"他很是爽快，"等我出院就叫你一起去，那里据说是罗尚明的销金窟呢，从小姐到妈咪，真是，真是，货色一流。"

说到此，病人面露垂涎之色。有趣的是，坐在他旁边的老婆，也同样兴致勃勃。

先对我做一番说明："我老公是老实人，他才不会找那些女人胡来呢，怕脏！"接着立刻问，"说来听听，那些个女人，都是什么样子，穿什么衣服，戴什么首饰，说话声音怎么样，裙子短到哪里，喝酒还是唱歌行？摸起来手感如何？"

我骇突，这可是老婆该问的话？

待老朱和其他两个医生来上班，我就对他们说了这个事。我说，这罗尚明牛啊，真牛，看看把人民群众都激动成啥样了。

话是这么说，从那以后，每次坐班车路过金沙歌舞厅时，我都会用一种了解内幕的口气，对其他同事说："看见了吗，那个歌舞厅，就是罗尚明检查里所写的有应召女郎的歌舞厅。据说里面的小姐和妈咪漂亮着哪。"

很快，我们医院的人就都知道那个地方了。

每次车经过秀圆路，大家的头都会向金沙歌舞厅的方向转去。

我敢打赌，那个地方的生意，肯定比罗尚明在时还要好。

有小道消息聊一聊，日子过得既不枯燥，又很快活。一时间，医生和病人都拿罗尚明开玩笑，挂号人多，病人刚发牢骚，护士就说："你是罗尚明吗，十几个人就闹得满城风雨，含蓄着点！"

总之，罗尚明无疑是本季度最受人欢迎的话题人物，以至大家看到其在网络上风头渐衰，都于心不忍。但凡翻出一点点旧闻，也是"顶"声一片。

大家心潮澎湃，舌头早已超越了现有的证据，奔腾向前。终于又有人说，为什么贪官身后的女人，还没有被挖掘出来呢？

很快，金沙歌舞厅的照片就贴了出来，还有几张偷拍的小姐和妈咪的

第二章
人肉搜索

相片。我心里暗想,这事会不会还有我的一份功劳?不知道那个半夜从歌舞厅高台阶上摔断腿的病人心里会怎么想。

关于金沙歌舞厅,本市的大小媒体,都没有做任何表示。连金沙歌舞厅的老板,也没有出来说一句话,大概认同这样的场所,丑闻才是最好的生产力吧。

渐渐地网上又有了其他贪官的新闻和消息,天价烟天价酒、公费旅游的视频、城管强拆报刊亭等等,又被网民端上了桌,成为新的热菜。罗尚明从百度的热门搜索名词中,也消失了。

眼瞅着江中人民就要闭上嘴巴了。

谁知道,就在这个节骨眼儿,冒出了意想不到的消息。昨天晚上9点多钟,天涯网某论坛出现了一个热帖,题目叫《罗尚明交代的女官员原来是她》。

一个小时不到,点击就超过了20万次。

而且各大官方网站纷纷转载。

偏偏我活该,挑了这么重要的一个时间,去卿卿我我了,难怪一大早变成了睁眼瞎呢。

现在,我的手机上就有十几条短信,除了叫我去看网上新闻的,还有直接告诉我消息:"罗尚明的小情妇是王皓雯,想得到吗?"

说到这里,你可能该问了,这事说了半天,王皓雯出事,似在意料之中,合着又关张齐什么事啦?

怎么不关他的事啊,和他干系大了去了,难道你忘了吗,我早上刚上班,那么多人就在我们科室门口探头探脑,问来问去,老朱那么意味深长地稳定大局,不都和那个叫张齐的、平时上班特别积极,可今天却偏偏没有来的人有关系吗?

原来,罗尚明案再次出现了人肉搜索,还是那个叫小白菜爆的料。

他在文章中说,罗尚明检讨中所提到的、个别爬到高位的女官员,就是那个叫王皓雯的女人。此人目前在市政府办公室当新闻发言人,已婚。她年岁不大,却一贯会用美人计。九年前,她还在某县医院当护士,却凭着去江中医院进修的机会,傍上了姓张的副院长,接着堂而皇之地留在了

省城的大医院里。随后又经张某之手栽培,送她到北京医科大学习,摘掉了中专生的帽子,取得了本科文凭。

  回到医院后,她渐渐觉得张某权力不够大,影响太小,她又借某高级干部在医院住院的机会,勇敢献身,并将自己借调进了省卫生厅。

  走出这一步后,她在官场的路,就越走越快,越走越顺。先是找新的机会,勾搭上了当时做市长的罗尚明,进了市政府工作。三年前罗尚明去人大、风头不再之后,她又摇身一变,读了思想政治学的博士。此女野心极大,在升迁的过程中,明显作过弊。既然罗尚明都已被批倒批臭,她又为何能够相安无事?

  在文章中间,小白菜还配上了江中市不久前举行新闻发布会的照片,照片上的主人公,正是精明干练的王皓雯。

  现在,各位看官,该知道了吧。小白菜文章里说的张某,正是张齐。

  确实,王皓雯就是在他刚当上副院长的那一年,来我们医院的。

第三章

光明正大

　　这些信息,在一个层面上看,还算平常,但要对此人此事,做出判断,却取决于将它们如何串联起来。要是你的意愿足够强烈,或是解读的手法足够老练,那么,这很可能只是神奇的冰山一角。

　　每个人,都渴望着了解到更多的来龙去脉。

　　毕竟权色交易绝不同于简单的商品交易,它甚至会让人忘掉商品,或是大笔的钞票,很有点看不见摸不着的味道。它不像你在商店里看见一件昨天才买的T恤,今天却以五折销售,你就可以冲进店里,冲着售货员大嚷一通。

　　所以,虽然我大致对事件已经有了了解。但内心的骚动,却不能充分表达出来。因为首先上班后得查房,查房时总不能把病人扔在一边,几个医生一起叽叽咕咕吧?

　　查房完已经9点多钟,一些门诊处理不了的病人,也送到了住院部。最糟糕的是,11点多钟,我还有台手术要做。

　　手术室在三楼,之前是妇科的两台手术。我中间会有半个小时的空闲时间,立刻溜到院办。刚跟主任小钟打了声招呼,她就笑着说:"是来上网的吧?"

　　按理说,我们科室也有两台电脑,其中一台是可以上网的,但今天情况特殊,竟没有一个人去看电脑。大家也许都想装作并不那么八卦的样子吧,搞得我围着它转了好几圈,还是决定来院办小钟这里看。

　　小钟其实并不小,和我一年分到医院来的,彼此熟悉得像哥们儿一样,这不,立刻就猜到我在想什么了吧。

　　说着话,她已经将网页打开了,原来她也正在看,而且每隔五秒就刷新一下。我调侃她:"想看到最新资料是不是?你说你,咋就这么幸灾乐祸呢!"

　　"滚一边去,"小钟毫不客气,"你心态好你流窜到我这里看什么?"来不及跟她贫,我立刻趴到屏幕前匆匆浏览起来。

　　事情和大家说的差不多,除了网民乱七八糟的跟帖外,并没有什么新的内容。尤其是张齐和王皓雯的消息,再没有更新。

　　我问小钟:"院里对这事没有什么说法吗?"

第三章
光明正大

小钟说:"咋没有,这阵头头脑脑加卫生厅好几个领导在开会呢,对了,还有你们科室的老朱,据说人家将要特别发言呢。"

"他能说什么呀?好像他有什么办法似的。"

"至少他渔翁得利吧,"小钟老于世故地说:"已经有腿长的记者来医院了,你们科室可是重灾区。你自己嘴要管住哦,千万别胡说八道的。到时候出了问题,别怪我没提醒你。"

我耸耸肩,跟小钟贫嘴:"多谢姐姐。我不动嘴,我先动刀。"

手术室的前两台手术,都是妇科的。张齐的老婆,正是我们医院妇产科的主任医师,姓安,医术很是高明。有次开会,院领导表扬她道,国外有个安徒生,国内就有个安接生!

她当科室主任时,听说要将"安全生产"写成标语,刷在墙上。

我贼眉鼠眼地跟他们的大夫打招呼,观察到他们和我的心态一样,也都非常想打听张齐的情况。但我们毕竟是知识分子,还有点不好意思是不是。

所以彼此张张嘴,却都没有直截了当地问出来。

麻醉师,却是从上台手术延续下来的。所以,待我换好手术服进去,就问麻醉师:"今天妇科的一把刀来没?"

麻醉师带着几个助手,正在配药,听我这样问,立刻反问:"张齐都没来,她会来?"

"你说他们怎么就知道得这么快呢?"

"没听说过坏事传千里吗?"麻醉师说着,又凑近我,"昨天傍晚,我还看见他们夫妻俩在散步呢。"

我不由身上起鸡皮疙瘩,一个家庭好好的平静生活,就这么一瞬间被打乱了,想想真是可怕。

接下的手术是接骨,一个半老太太,麻药过后,她就昏睡了过去。

我抛开杂念,不再惦记张齐或干皓雯,下午两点四十分,手术终于结束,回到科室歇息和写术后报告的当儿,有人站在大开的门边,一边做敲门状,一边急切地叫着我的名字。

"周芥平、周芥平、周芥平大夫，你还认识我吗？"

我抬起头，见是一个胖胖高高、头顶微秃的戴眼镜男人，背着个单肩包，穿深蓝色厚外套，运动鞋，脸上五官平平，小眼睛塌鼻子，没有任何鲜明特色。

"你是……"

"刘正大呀，刘正大，光明正大的正大，还记得不？"

他一说光明正大，我就立刻想起他是谁了。

我们是怎么认识的，我已记不大清楚了。可能不是恰巧碰在朋友的饭桌上，就是在某处酒吧一起看球时经人介绍的。他认识我后，立刻来医院找我看病，不知道为什么，他看病，不喜欢走正常的道路，非要拖着我给他找医生。

几次后，我直接告诉他，即便我帮他找大夫，他也得先挂号。

他就生了气，对我不客气地说："要掏挂号费，那我还找你干什么？"

现在医院大家都向钱看，他带他父亲或是老婆看病，要我介绍的，都是顶尖的医生。插队占用别的病人的时间，已经很不对，还要不挂号，占大夫的便宜，谁能讲得过去？

还有，开了药去药房取药，他也不肯好好交费，非要让我去收费处亲自说情。

"我知道你们医院有内部员工价的，你就告诉他们，这是你开的药好啦？"

他这样做，我当然很为难，该讲清楚的话，自然会讲给他听。

我说："你知道不知道，你的挂号费我得替你出！""大家都很熟悉，这点药价也没有几个钱，怎么讲得出口。"

"哈，现在的医院和医生，真是一点医德也不讲！"

他竟比我还生气，拂袖而去。

从那以后，我再没有见过他，偶尔想起这样的人来，只觉得可笑又可气，真正无法理喻。

而他竟会在今天这样的日子，重新来找我。

难道又是看病吗？

第三章
光明正大

我不愿意答理他,他却一蹦三跳做天真无邪状,冲到了我的跟前。熟不拘礼地,不需我招呼,就将别人的椅子一把拖到了我的桌边,挨着我坐下来。

我问他:"你怎么啦,身体不舒服?"

"不是,"他笑眯眯地,仿佛我们之前从没有过芥蒂似的:"你猜猜看?"

他表现得如此可爱,煞是让我惊讶。

是想给我留下好印象,好让我帮他做什么吧?见我摇头不语,手里写报告的笔也没有停下来,他就说:"我是专门来请你吃饭的。"

"吃饭?"我看看表,"午饭还是晚饭呀?"

"哎呀,当然是晚饭喽。我怕你事情多,所以早一点来通知你。"

我敢担保,请我吃饭,一定只是他随口说出的话而已。

这个时间来找我,肯定是有其他事情,以为能比较容易地解决,见我态度冷淡,才改口说请我吃饭。

我跟他吃个什么劲的饭呀。

我推辞说,下午5点还有一台手术要做,等结束就到晚上了,饭肯定是吃不成了,有什么事情,直接说就好了。

"办公室没法说,"他说,"那这样,我等你结束手术。反正那时你也累了,饭总要吃的吧。"

他这么不屈不挠,还真让我犯了难。难道我可以说,你走开,我不想见到你吗?

这时,我突然想起来了,他的确是我一个朋友介绍认识的,说他好像在类似群艺馆这样的单位上班,可群艺馆到底是干什么的,我也并不清楚。

他却将嘴靠到我的耳朵跟前,悄悄对我说:"听说王皓雯的事情了吗?"

奇怪,这事跟他有什么关系?难道他不远万里,跑来找我,只是为了八卦?

我不用抬头,就感觉到老朱在瞪着我。

老朱昨天值大夜班,今天竟然一天坚守岗位,还替张齐做了一台手术。

他如此俯首甘为孺子牛,显然是早上和领导们开会见了成效。

这之前,他已经再三对我们做了警告,(一)不许一起议论王皓雯事件。(二)不许和别的科室的人员议论王皓雯事件。(三)不许对外散布王皓雯事件的谣言。(四)不许接触媒体,有记者来访,一律由院办负责接待。

老朱的指示,我当然是要照办的。何况面对刘正大这么一位讨人嫌的老兄。

我反问道:"那又怎样?"

他再次将脑袋靠上前来,要和我窃窃私语。

我不给他这个机会,向椅子背靠去,躲他远了点儿。

他只好用手捂住嘴,鬼头鬼脑地对我说:"那个张某,不就是你们科室的主任吗?"

"那又怎样?"我口气依然冰冷,还是不明白干他何事。

他一脸喜色,说:"我一知道此事,就觉得冥冥之中听到了老天在对我说,你的机会来啦,一定要抓住呀。"

他转述老天的话时,不由有些得意忘形,声音陡然大了起来。科室里几个人,同时都转过头来望着我和他。老朱甚至狐疑地站起身来,眼睛狠狠盯着我,一副想走过来的样子。

我立刻冲刘正大义正词严:"我真没时间跟你说这些,你看我还要写报告,等会还要准备手术呢。"

他谦恭地摆手:"我不会打搅你的,你放心好了。就是想跟你约个吃饭的时间,你答应了我就走。"

我还是摇头。

他终于急了,站起身说:"你是因为我没有挂号,才不愿意跟我多说话是吧?好,我这就去门诊大厅,挂了号再上来,不就几块钱吗,难道我出不起呀!"

真是小人啊,哪里有正大光明的一丝痕迹?

第三章
光明正大

哭笑不得，我只好站起身来，向刘正大拱手作揖："行行行，听你的，你给我号码，我有空儿给你打电话。"

"不行，"他说，"你给我你的号码，我来打你的电话，否则你不找我，我不是白等？"

说着，就将手机掏了出来，让我报给他号码。

一报完，立刻就拨通，直到听到我口袋里的手机铃声响起来，才放心地关了机。

说："那我今天晚上找你。"

我已经说了谎话，给自己无端加了一台手术，也不好再收回去了。心里乱哄哄的，又想起答应晚上去接熙娴。

刘正大纠缠成功，就决定理直气壮地先告辞了。还冲我眨巴眼睛，仿佛心照不宣晓得了什么秘密。

他一出门，老朱就踱了过来，先是给我让了一支烟，又问了问上台手术的情况，然后头一歪，意思请我跟他到外面走廊上去。

我俩站在办公室外面，正对走廊上的大玻璃，玻璃外是大天井，夏天时，天井里全是花花草草，穿白衣的大夫、护士走来走去，很有可看性。但现在不行了，天气一冷，万物凋零。人都打不起精神，医院就显得特别像医院。

"你什么时候提正高？"

"我？我副高才提没几年。"

"你业务不错，人际关系也不错，这种事还是要抓紧才好。我会代表科室力挺你的。"

我点点头，心想他这么笼络我究竟是为了什么？

我这人一向随和，也不大争强好胜，但竟轮到被领导个别谈话并鼓舞士气，不由让人大吃一惊。

仿佛看穿我的诧异，老朱语重心长地对我交底："张主任出了这事，不管真假，继续坐这个位置，肯定是不大合适的了。现在是关键时期，我很希望你能积极表现，助我一臂之力。我们外科是医院的大科，有很多事务性的工作，也需要人来做嘛。你要努力啊。"

哦,我终于知道,他这是告诉我,待他当了主任,会帮我当个副主任什么的。好啊,有官做当然好啦,别的不说,每月的职务津贴就能多拿好几百。

于是我识趣地说:"多谢朱主任。"

"刚才那个人,是病人,还是朋友?"老朱还真是警惕心够强,立刻追问起来。

"是朋友,"我说,想想又加上,"也是病人。"

"来看病?"

"差不多吧,可能想要我帮忙,是来请我吃饭的。"

"这段时间,我们科室的人,都要小心一点,不该说的话,就不要多说。一个是张主任,毕竟和我们同事多年,而且夫人也在同一个医院。另一个是王皓雯,也曾是我们的同事,对吧?毕竟真相如何,又没有定论。尤其是王皓雯,到底还会不会继续干下去,都是未定。如果我们说多了,追查起来,可就吃不了兜着走了。"

我说我明白。

老朱讲到王皓雯,我心里还真有些发紧。出了这事,她该怎么办呢?今天一天,她的日子一定很不好过吧,是被领导找去谈话,说明事实真相呢,还是积蓄力量,打算绝地反扑?

或是重压之下,全然崩溃,像张齐一样,躲起来不见人?

不过呢,她是政府官员,多年奋力上进,孜孜以求,以我对她的认识和了解,她绝对是属于那种越挫越勇的人。

也许,她根本就像没事人一样,该干什么就干什么,该吃干的绝不喝稀的!

广大群众的流言蜚语、私下交流的古怪眼神、还有明里或暗里的担心,一定都只是杞人忧天、咸吃萝卜淡操心而已。

想到这里,我就决定也劝劝老朱,用从容淡定的心态来看待这事。我说:"我们这些小人物,即便再说,又能掀起怎样的波澜?何况事情都闹到互联网上了,民意才会决定事情的真正走向。"

我说这话,老朱明显不爱听,而且认为这是没有政治素质的表现。

第三章
光明正大

　　他黑了脸,公事公办地对我说:"你还是太年轻,意识不到这一切意味着什么。算了,你记住我的话就行,不要到处乱说,否则出了问题,谁也保不住你。"

　　说完,一甩手就进了办公室。

　　得,我心想,副主任一事,明显是黄掉了。

　　王皓雯啊王皓雯,你可知道你竟害我遭这么一劫!

第四章
能干又漂亮

第四章
能干又漂亮

下班前，我已将手术报告用电脑打出来归了档。看看表，已到了吃饭时间，到底要不要找刘正大呢？如果不找他，万一他晚上8点多，又来纠缠怎么办？

正在头疼，他的电话就来了。开门见山，直接叫我的名字："周芥平，还记得我们有约吧，一起吃饭喽。"

这个老滑头，好像根本就知道我之前是拿手术敷衍他，我也懒得再多解释，干脆答应了下来。

我问他，在什么地方。

他说你走出来嘛，走出来就能看见我了。

果真，我一走出医院大门，还真就见到了他。

正坐在一辆现代车里，手握方向盘，一脸谄媚的笑容。

我坐进去，夸奖他车不错。

"全靠诸位的照顾啊！"

我不语，等他车发动起来，心里就琢磨，他到底要跟我说些什么？如此一个有经济头脑的人，从张齐或王皓雯的事里，又发现了什么有利可图的东西呢？

刘正大带我去的是一家湘菜馆，小门面，小生意，老板娘蛮漂亮。刘正大估计和她熟悉，一进门就大呼小叫："我又来照顾你生意喽，要接待好哦，打八折！"

仿佛照顾了多大的生意似的。

老板娘也真够辣的，拿着菜单，并不点头同意打折的事，非要刘正大点了菜才能接着谈。刘正大就不肯坐下，跟老板娘嚷嚷："我是你的老客户了，今天带了尊贵的朋友来，你这个面子要给我！"

老板娘就说："哟，我们小本生意，你菜点得少，又怎么打折嘛？"

说着，就对我揭发："这位大哥平时来只点特价菜的。"

我好难堪，挥手叫刘正大坐下，对他说："我来买单我来买单，随便吃吃，不用打折了。"

刘正大终于坐了下来，又对老板娘喊："不许宰我的这个朋友哟，人

家可是医院著名的外科大夫。"

说着,又冲我一笑:"反正你们手术刀收入多,有红包,请客也是小意思啦。"

刘正大点了四菜一汤,又提议喝点酒。我不同意,说他开车,不能喝酒。他硬是要了瓶啤酒。"无酒不欢,老兄,我们好几年没见了,今天要一醉方休。"

我敢打赌,一醉方休这四个字,根本就没过他的脑子,就从他嘴里冒出来了。他急着要跟我讲正事,这之前所有乱七八糟的话,都是铺垫,在他看来,也都不重要,随便说说,就可以了。

果然,他迫不及待地进入了主题。说:"你猜到我找你要做什么了吧?"

我当然不知道。

他露出"别骗我"的笑容,望着我:"你那么聪明一个人,怎么会不知道?我猜你们科室,今天一定都炸了锅了吧。"

我忍不住了,也不想再跟他捉迷藏,就把胳膊抬到了桌上,架着肩膀,严严肃肃地问他:"我说,张齐或是王皓雯这事,能和你有什么关系呢?"

"怎么没有关系?关系大了去了,我这后半生的事业运,可就靠这两个人了。"

"他们之间,真的像网上说的,有那么一腿?"

"无风不起浪,当然喽。"

"那你要怎样,借这事炒作你自己?再把你加到他们俩人当中去,制造一个婚外三角恋什么的?"

"你还真能想,"刘正大喝了一口酒,又招呼我吃菜,然后说,"我哪里能跟他们玩这个,我不擅长男女关系。我只能做自己能做的事情,而且要做到最好。"

"你能做什么?又关张齐和王皓雯什么事?"

"其实主要是王皓雯,"刘正大说,"我主要是针对她来的,张齐嘛,当然,也是一个不可或缺的人物。"

我终于渐渐弄明白到底是怎么一回事了。

第四章
能干又漂亮

原来，群艺馆，是一个文化部门，在那里工作的刘正大，是地方戏的编剧。每年他都要写一出剧本，再组织剧团演出。但近年演出经费欠缺，而且地方戏观众渐少，大家基本各谋生路。半年前，他经过多方努力，从省委宣传部抢到了一个活计，就是出一套宣传全省女界精英的报告文学之类的书。

据他说，作为这套丛书的主编，每编出一本书，他就有三四千元的费用。

省里给他开了20多个人的名单，其中各行各业都有。他已经组织兄弟姐妹，将人头分到了家。其中，他也要做一本。当时，他权衡再三，在这些呼风唤雨的女强人当中，选择了一个能对自己今后前途最有帮助的人物，就是王皓雯。

"她年轻，学历高，政治素质好，做事雷厉风行，各方面都非常符合现代干部的要求。省里在政界女性中，只推出了她一个人，其他都是做别的行业的。我当时想，一定要将这本书做好，将她写得有声有色，活灵活现，既不会沦于那种先进人物介绍的模式，干巴巴的，也不会为了追求文学性，过于烦琐。我告诉过她，我所渴望的书的风格是怎样的，那就是清新自然、安详实在。至于人物性格，一定是外柔内刚，行事谦和，令人佩服。"

我脑子里浮现出王皓雯的样子来，是的，她能令人佩服倒是肯定的，但谦和，却远远谈不上。

我不语，见他谈兴正浓，就听他继续说。

"当时她听了我的想法，表示非常赞同。但工作实在繁忙，无法有更多的时间聊天，她就说，让我先搜集资料，需要什么，告诉她就行，她会提供一切东西。"

"她都提供了吗？"

"当然。只要我打电话给她，她总是很快就答应。而且工作效率非常快，一般两三天后，整理好的资料，就会送到我的案头。"

"她态度很谦和吗？"

"没有什么架子，"刘正大说，摆出一副精通世事、什么也都瞒不过他

的样子,说,"当然,当她的面,我不会用跟你一样的态度,我在口气、语言,还有面部表情上,都会做一些调整。我一定给她留下了很好的印象,我希望她能认为我是一个深度的人,有头脑,并且真心诚意地相信政治那一套,你知道的。"

我笑了一笑,这小子!他所说的"调整",不过是谄媚罢了。

"她最辉煌的业绩,是在新市长刚上任时,帮助他解决了新贸商城店铺出租的事情。你知道那件事吗,当时闹得太凶了,商场是市里的一个重点项目,当时市里规划那条街将会是新的商业街,一口气将几个大型的商铺全都拆了,并强制所有的商铺店家,买了新贸商城的铺面。结果盖商城的老板破了产,并卷款外逃。市长刚到,既不愿意替罗尚明擦屁股,也没有什么人愿意替他买这个单。结果店家上街示威,并且上访到了中纪委。"

我再一次觉得自己枉为江中人,这些事我竟然根本就不知道!

"不接触社会,不了解社会,太不应该了!"刘正大责备起我来。我赶紧点头认错。

"后来呢,王皓雯用了什么办法?"

"在新贸商城盖起来之前,她把市会展中心,腾了出来,然后让店家去那里集中做生意,并且征收很少的税收,同时市政府出面,在各大媒体,帮他们做广告。"

"她还真有办法。"我喃喃自语。

"这还没完,她还将没盖好的新贸商城卖掉了。卖出的价钱,竟然比罗尚明当初招标的价钱,还要高。总之啦,"刘正大啧啧称赞:"她真的是很有办法的一个女人。"

"省里所以才很器重她?"

"可不。当时我就想,她这段经历,我一定要想办法,好好写出来。她也很不客气,专门组织了几个干部,写了一个原始资料,拿给我看。"

"她是有政治抱负的女人呀。"

"而且人也很有魅力、漂亮,说话办事特别有女人味。让人佩服。"刘正大竖起了大拇指。

我听他说这些,还是有点奇怪。"那现在,这本书你还能写吗?"

第四章
能干又漂亮

"当然不能了,宣传部已经通知我,让我暂停下来。"他说:"所以我才来找你呀。"

"不能写了来找我?我真糊涂了。"

"是这样。我这个人,不会白白做事的。我做了一件事,就一定要让它物有所值,即使外界让它黄掉,我也能发挥主观能动性,变废为宝。"

见他口沫飞溅,我心想,他对人,可能也是这样想的吧。每个人,都要能利用得上才会心安。

于是我就点点头,口含讥讽地说道:"可不是,看出来了。"

他却没有听出我的讽刺,接着说:"我是这样想的,虽然表扬王皓雯的这本书,无法写了,可辛苦收集了这么多资料,总不能白白浪费吧?我这个人,还是很有敏锐度的,昨天晚上,一看到这个消息,我立刻就意识到,我依然有能力,将事情扭转为对自己有利的一面。借着王皓雯出了这么大的名,我正好可以写一本女官员的官场现形记。我可以深度挖掘一下她的发家史呀。而且,今天早上,我立刻联系了我认识的一个出版社编辑,他一听这个题材,就特别感兴趣,立刻就叫我着手准备。"

我咳嗽,活了30多年,总算看见了大号变色龙。

"我的想法是这样的,要写,就要从王皓雯的童年写起,这中间的一些资料,她已经给了我。比方出生地,从小家境如何,父母是怎样的人等等。然后,我将写她的青年,她读书、恋爱、找工作等等,这一部分,我只有她一个大概的履历。再后来呢,我将写她到医院后的故事,怎么和张齐勾搭上,又怎么利用他达到自己留在省城的目的。最后,我将重点写她如何进入官场,又如何做了罗尚明的情人。"

"这些资料,你又从何下手?难不成她会告诉你?反正我可做郑重声明呀,张齐和她怎样勾搭的,我可是一点也不知道。"

"这段事情,你不知道没关系。我总有办法,找到类似的消息的。你要知道,在这个世上,每个人身后都会有各种各样的小人,像王皓雯这样的女人,忌妒她的人就会更多。总有人会偷窥她不可见人的秘密,我通过专访,再加上合理的想象,就能勾勒出一个出卖色相、一心向上爬的女人。"

发言人

"哦。"我点点头。这时，我们的饭局也都因边吃边聊，差不多可以结束了。

我招手叫老板娘来结账，然后问他："那么你打算采访我什么呢，我可以百分百地告诉你，我是帮不上你的任何忙的。我既不了解她的童年、青年和中年，也不了解张齐或罗尚明和她的故事，我几乎是一个对你毫无用处的人。所以，我们是不是吃完这顿饭，就可以各奔东西了呢？"

他对我笑了起来，狎昵又诡异，又露出了那种"你别想骗我"的神情来。

大大吃了一口菜后，他终于说："你看你，你也不想想，我费这么大劲找到你是为了什么？我这人不做无用功，也没有时间玩捉迷藏。我喜欢直来直往，不要费力猜东猜西的。我见你也是个爽快人，所以我才会把你约出来的。我找你，当然是有原因的，这原因你知我知，天知地知，对了，王皓雯也知道。你是她的初恋情人。对不对，写完了童年，她的青年和恋爱，我就只能从你这里挖掘了，你非得配合我不可，否则我跟你没完，想必你也见识了我不达目的绝不罢休的劲头……"

他的话，我渐渐听不清楚了，心如撞鹿，怦怦直跳。这么一个埋藏了多年的秘密，他是怎么知道的？

第五章
必须八卦

那天晚上回到家里,我就做了一个噩梦,梦见网上有了这样一篇文章,题目就叫《王皓雯的初恋情人原来是他》,然后附了一张照片。

照片上似乎是我,但又不太真切,我的心就在侥幸和痛苦中起起伏伏,终于吓出一身冷汗后,醒了过来。

我当然不会答应对刘正大说些什么,我既不想出名,也不指望靠着这点绯闻赚大钱。

过去的事情,只能让它过去。

对刘正大的追问,我完全否认,指责他胡说八道,并且面露愠色,他才暂时放过了我,但又说:"我这段时间,会经常找你的。"

无法想象,这样一个见风就是雨的家伙,一旦有了第一手资料,将会把我推到怎样的风口浪尖之上。

突然地,我的心里有了重负,再也不想关心这件事了。

无论有人对我讲起张齐,还是王皓雯,我都用一种不大耐烦的口气说:"管他们呢,和我们有什么关系?"

但我这样的态度,却应付不了未婚妻熙娴。

她实在是太八卦了,而且张齐和王皓雯,都是或曾是我的同事,她就认定我会有比任何人更直接、更鲜活的第一手资料。

她不停地想从我这里挖掘出新的东西来,好散布到她的朋友、同事、同学、亲戚圈子里去。她如此虚荣,甚至觉得说出"我男朋友就在那个医院工作"这样的话来,都可以是一种炫耀。

我讽刺她说:"如果你是演艺圈的人,一定会是那种借名人上位的女子,不得把潜规则嚷嚷得全球都知道。"

"那是。"她得意扬扬地回应道:"生活这么闷,好不容易才有点糗事,干吗不玩?"

瞧瞧,这就是代沟!一个70后和一个80后之间的代沟!

熙娴比我小8岁,也是28岁的大姑娘了。我们认识了3年,这期间一直瞒着她的父母,生怕他们知道她找了一个二婚头男人。

幸好她家人都不在江中,中间来看过一次,熙娴将我打扮得分外年轻,让我跟她一起骗二老。我是真没忍心,觉得这样太不厚道,待她父

第五章
必须八卦

母心满意足地回去了，我又亲自追将过去，原原本本交代了一遍自己的身世。

她爸爸恨得骂我道："我闺女年龄小不懂事，难道你也不懂事。你这么害人，就不怕会遭报应啊。"

她妈妈眼泪都要掉出来了："熙娴好好一个大姑娘，凭啥要找你这么个过气老头呢！"

但事后，他们也都想通了。

既然熙娴坚持，我也就有了优点：比方收入高，技术强，工作稳定，有房产，也知道疼熙娴，宁可自己坐班车，也要给她买辆车上下班等等。

有一次，熙娴跟我闹别扭，她妈妈竟还劝她想开点呢。

唉，既然老人家都这么说了，就结婚吧。不是都说，结婚是一个男人给女人的最好的爱情吗？

但熙娴，得寸进尺。她并不觉得结婚就能证明我对她的爱，她还需要八卦，多多的八卦。我不讲点张齐或是王皓雯的事儿，她就说我不够爱她。

我一直觉得，身边的人是分为两大类：一类是台阶式的，比方刘正大，对他来说，生活中每一件事情，都是上楼梯，必须一直向上，还常常能将路上遇到的某一个人，当做向上爬一级的道具。

还有一类人，是滚筒洗衣机式的，主要特点就是那些牛仔裤、袜子、衬衫等等，都会每隔一会儿就出现一下。你可以用牛仔裤代表幸福，袜子代表烦恼，衬衫代表厌倦……我和熙娴，就属于滚筒式的。刚才还很幸福，转眼之间，就开始烦恼了。

对她的要求，我当然头疼，有什么好说的呢，在我感觉里，所有的故事，早已一目了然，更多的细节，又不是我能凭空猜出来的。

可她不放过我，认为我肯定忽略了什么。"使劲想，使劲想，只要你记得的事儿，都告诉我，我可以帮你分析啊。"

"你烦不烦啊，你分析别人干什么，真是吃饱了撑的瞎操心。"

"怎么就是吃饱了撑的呀，我只是想更多地了解社会嘛。"

"社会又不光就这俩人。"

"可他们离我们那么近，不从他们入手，还有谁好讲？"

我将熙娴拉到自己的大腿上坐下来，诚诚恳恳地问她："别人已经够倒霉的了，你说你还不放过，要嚼舌头，真的不觉得羞耻呀？"

她望着我的眼睛，仿佛在探究我是逗她玩，还是真的这么想。我越是不想说，她越不肯放过我，尤其是每天听大家说得热闹，可和当事人做着同事、或是做过同事的未婚夫却什么消息也没有，她觉得太没面子了。

"不行，"晚上睡觉前，她开始折磨我了，"不讲点内幕，就不许碰我。"

我大眼瞪小眼，真是服了她了！

"好吧。"我懒洋洋地回答，"你想要知道什么，你自己来问吧。只要我知道的，自然会告诉你。"

她高兴了，把我的胳膊拿出来，枕在她的头下。

"那先说张齐吧。"她的模样怪可爱的，让我忍不住亲了她一下。她不为所动，继续要谈论那个老家伙，"他长得帅吗，是不是那种岁数很大的帅哥的样子？"

哈，我骇然，张齐就算化成轻烟，也得是缕无法成形的轻烟。

我问熙娴："你不是半年前去过我科室吗？当时见了几个人，脑子里还有印象的？"

和熙娴恋爱，我一直瞒着同事，就担心被传流言。当年离婚，可是在医院被人指指戳戳过好长时间，所以我特别小心，即便熙娴来找我，我也没有对大家介绍说她是我的女友。

她翻着白眼，在回忆。"张齐岁数大了，对吧。那我那天见到的老头，只有两个，一个矮矮胖胖的，一个中等个头。"

"中等个头的，应该就是他。矮胖的，应该是老朱。"

"五官我想不起来了，只觉得他们都好严肃。"

"老头子了嘛，不严肃还能怎样。"

我翻身起来，将医院的网页打开给她看，却豁然发现张齐的相片和简介，已经消失了。不仅张齐没有了，连"安接生"的也没有了。

这真是令人意想不到，说来说去，都是像熙娴这样无事生非的人闹的，每个人都有自己的私生活，就不能放过人家吗？

"私事被公开了，就不能再算做私事了。"熙娴振振有词。

第五章
必须八卦

我心里却着实有点酸涩,人情冷暖,世事残酷,面对这么强大的舆论,个人如蝼蚁,如此微不足道。

见我不想多谈,熙娴知趣地闭了嘴,但把我的胳膊也从她的头下抽了出去。"哼,"她翻了一个身,背对着我,"不想说就算了,等我自己打听来新的消息,你可别问我!"

她睡了,我却怎么也无法睡着。我想起了很多事情,全都是一些无法承受之重。

王皓雯这三个字,我已经很长时间没有再想起来过了,可是这些天,它却以如此密集的频率,给我带来强烈的冲撞,让我内心五味杂陈。

第六章
三次见面

第六章
三次见面

王皓雯离开医院，从政后的8年里，我们还见过三次面：

第一次是2002年夏天，她还在卫生厅，应该说是才正式调过去不久。那天有个推不掉的饭局，是朋友介绍来的病人请客。

病人是个小官员，信誓旦旦要和我做朋友。等他出院了，就一定要答谢我。我的朋友也去了，他对我说，来嘛来嘛，随和点，这也是给别人一个机会。

我一贯不喜欢和不熟悉的人一起吃饭，即便自己没饭吃，也不喜欢那种一大桌人，谁也叫不上谁名字的饭局。但朋友总说我这样太清高，不招人喜欢，只得硬着头皮去。

进了包厢，果真发现，好多人，却只有朋友是我熟悉的，包括那个小官员，都只能算是生人。

小官员站起身，非要将我请到上座，我坚决不肯，他的几个朋友，也一起张罗，见我执意不从，有个人说："这样吧，今天在座的都是爷们儿，等会儿有个女人会来，既然她是唯一的女性，我们就尊重她，让她坐上座好啦。"

大家就都笑了起来，纷纷表示同意。似乎这个女人，他们都认识，而且明显和一般的女人还不太一样。几个男人，都有点小兴奋的样子，摩拳擦掌，挤眉弄眼。正热闹着，就听见包厢外有人敲门，房间顿时安静下来，服务员露了一个头，紧接着又退到了后面，一个身段高挑、让人眼前一亮、颇有气场的女人，站在了大家的面前。

房间里顿时就炸起了锅来，一片问候声，此起彼伏。

"王科长来了啊。"

"王科长辛苦了。"

"王科长请上座。"

"王科长驾到，蓬荜生辉。"

"王科长今天好好漂亮呀。"

"难道王科长什么时候不漂亮过吗？"

"王科长能来，真是令人感动，来，今天的菜你来点。"

"叫服务员来上茶。"

"让座让座,让王科长坐宽松一点。"

来人正是王皓雯,这真让我吃惊,怎么也没有想到会在这样一个饭局遇见她。因为请我吃饭的这个小官员,并不是卫生系统的,但我也不知道,他为什么要在这样一个场合,将王皓雯请来。

周围一片殷勤声,王皓雯处理得既从容,又得体,一边跟他们开着玩笑,说:"就别假装巴结我了,好像我不知道你们背后怎么诽谤我似的。"一边又亲切地说:"讨厌,谁再叫科长我跟谁急啊,整得像叫男人婆似的。和平时一样,就叫皓雯,否则我可走了啊。"

"好好好,皓雯同志,你想喝点什么酒呀?"

"皓雯同志,今天可就你一个女同志,你得巾帼不让须眉呀。"

"皓雯那酒量,还用得着你们用激将法?这不是找死吗?"

……

可以看得出来,王皓雯跟这一群人,还是真熟悉。终于嘴瘾过完了,大家又都安安静静坐好了,小官员就伸出胳膊,指着我,对在座的各位介绍我说:"这是市医院外科的周芥平大夫,别看人年轻,医术却很精湛,是我的哥们儿,今天叫来各位,就是一起认识认识,你们都是各个卫生系统的精英分子,以后彼此能有个照应。"

我这才明白,小官员叫这么大一桌人是为了什么。

他是那种在实用基础上考虑人生的人,按他对官场的理解,给你介绍一些能用得着的朋友,就是对这个人最大的感谢。他请了卫生厅的科长,血站的医师,医学院的教务处长,某医协干事,卫生厅下属杂志社的编辑……总之,今天这个饭局,的确是他为我而精心安排的。

只是可惜了,我并不是王皓雯,更不是个会利用人力资源的人。

见到王皓雯,我竟紧张起来。她才调进卫生厅,居然就做了科长,这的确让我意想不到。要知道,那还是好多年前,我记得她跟我同年,应该都才刚29岁,我自我感觉还是个毛头小子哪。

再说,她离开医院之前,我们俩之间有些尴尬,这让我猛地见到她,有些不知道该说些什么才好。

她那时就能看出城府颇深,不仅像没事人似的,而且好像根本就不认识我。

她冲我伸出手,跟我握了握手,公事公办地对我举起了杯子,说:"以后有事需要我帮忙,就吭声。"

小官员提醒我:"王科长以前也在你们医院工作过,认识吗?"

我点点头,王皓雯抢过去了话:"看着面熟。"

我大概知道她是怎么想的了,她竟不愿意让人知道跟我熟悉,这让我多少有些气愤,我不再答理她,也不看她,只管埋头吃饭了。

等酒过三巡,场面热闹起来。

王皓雯除了跟我碰过几次酒杯外,并没有说任何多余的一句话。我想谁也不会想到我们曾是那么熟的熟人吧。这饭吃得我有点郁闷,真有度秒如年的感觉。

她这么HIHG,这么不拿自己当客人,自然最后是要喝多的。我也是第一次见到她有如此好的酒量,而且伶牙俐齿,反应极快,谈笑间,大有樯橹灰飞烟灭之势。

两个小时,这些人好像谈拢了好几宗事情。不是你帮我舅子的医药器械公司疏通一下关系,就是他帮我姐夫进一批药。人人都有生意可做,朋友最多、最讲义气的,自然非王皓雯莫属。她大包大揽,纵横捭阖,看得我多少有些目瞪口呆。

终于,外面的天黑透了,饭吃完了。小官员又想起了我来,再次呼吁大家为我敬一杯酒,感谢我对他的照顾。然后,饭局结束,各走各的路了。

我注意到王皓雯上了小官员的车,她没有再多看我一眼,清脆地告别声,是针对所有人的。

这一次见面,我没有对任何人说过。心里隐隐感觉到,这女人很不一般,有胆识,也有野心。但无论她怎样,我们终是两种人。

我甚至长吁一口气,为自己和她不再搭界而感到庆幸。我可没有那样大的精力,做超出自己能力范围的事,那是会很累人的。

当个普通医生就蛮好,至少有一门手艺,什么时候靠这个,都可以吃到饭。

女发言人

这一过又是4年,我再也没有听到过王皓雯的消息,我已经将她要完全忘记了。其间,我和妻子的感情出了问题,她有点让我觉得奇怪,虽然各方面,比方工作、人际关系等等,她都表现得很成熟,但对我的要求,却十分的孩子气,她对我的期望,就像小孩子对父母那样——那就是必须得永远正确。

这个压力太大了,我渐渐宁可以肉体不适为幌子,来躲避她的要求、她的视线。

加上她生孩子时,得了产后抑郁症,一直也没有彻底缓和,总是跟我找岔子闹事。我终于腻烦了。

这是一个恶性循环的过程,越腻歪,就越觉得她不好,越觉得她不好,越没法好好沟通和交流。

她呢,也是一样,她越生气,我越不着家,我越不着家,她越火冒三丈。

就在我们开始常常将离婚这两个字挂在嘴边的那一段时间,我们医院迎来了评级的活动。这对医院来说,特别重要,好多年前的老病历,都要翻出来重新补充一遍。工作量巨大,医生的压力也特别大,生怕一不小心,被病人投了诉。

这段时间,省里、市里的领导视察,也变得多了起来。

有天晚上,我回家迟了。前妻跟我吵了起来,因为孩子生病,她又要工作,整整一天,筋疲力尽。她希望我能帮到她。我尽量哄她,也是累了,不希望她再多说什么。可她觉得我在敷衍她,哭了起来。

那两个月里,我过得特别痛苦。心里是想挽回婚姻的,也认识到自己做错了很多事情。可是她的委屈,就像是天生就皱巴巴的衣服,怎么熨也熨不平。这让我觉得既内疚又气馁,还激发出了自己性格中特别阴暗的那一面,比方撒谎、自私、瞎混、不爱孩子……她一开始流泪,意味着这一个晚上又泡汤了——

那时她精神好像崩溃了,她总是忍不住要哭。

我颓然倒下,睁眼差不多到天明。快天亮时,她睡着了,我捏紧拳头,心里一遍遍发誓,非得离婚,非得离婚不可。实在是受不了了。

第六章
三次见面

第二天早上,我睡眼惺忪,心情败坏地去了医院。到了科室,才意识到自己胡子都没有刮,而且还穿着头天穿的那身衣服,臭烘烘、脏兮兮的。医院里的小护士瞅我倒霉丧气的样子,就跟我开玩笑:"周大夫,是丢了钱包吗?"

我勉强让自己打起精神来,准备先查房,再去门诊。正在病人的床边问话,突然就听到走廊上脚步声杂沓,还有人语气严肃地嚷嚷着什么,和平时的感觉很不一样。我扭过头去,就看见一大群人走了进来,随后闪光灯闪个不停,还有摄像机。

原来市长来视察医院了。

这个消息,其实是前两天就通知了的。当时医院要求今天所有的医生,都要穿戴整齐,注意精神风貌,可惜我却忘记得死死的了。我立刻感觉到好几双领导的眼睛,齐刷刷地射来了不满的眼光。我自觉地站在了一边,腾出地方,让市领导来慰问病人。

当时的市长,正是罗尚明,年纪不小了,头发却染得乌黑发亮,一身名牌衣服。两手背在身后,面无表情地问病人:"得的什么病啊?"

这时有人上来贴在他耳朵边说了点什么,他点点头,露出了笑容,一扫刚才便秘的表情,还将两手放在了肚子上。他不仅问了病人,又将我叫到跟前,对我发表了一通讲话,无非是病人的利益高于一切之类的话。

我脸上凝固住谦虚的表情,只管听着就是。

然后,他们就呼噜呼噜地离开了病房。

那个贴在罗尚明耳边,对他说了点什么的人,从而让他突然高兴了起来的人,正是王皓雯。

我一开始,根本没有认出她来。比起前几年,她在卫生厅当科长时见到她,似乎瘦了很多,也高了很多。她的身段和打扮,简直可以用精致两个字来形容。

我也是第一次意识到,她的皮肤竟这么白皙细腻。

她穿着一身做工考究的黑色西装,翻出色泽柔和带碎花图案的衬衣领子来。她的皮鞋,又亮又黑。头发微微锔了点红棕色,亮度很好,厚厚的半长发。

她的脸上,没有一丝老化的迹象,每一毫米的皮肤,都绷得紧凑细致。她的眼睛,从前总是有点肿,但现在眼皮却很薄,眼神显得特别精神。

她和我那次在饭局见到时的气质,也大为不同了。如果说以前还多少有些江湖或油滑的话,现在则非常内敛含蓄,彬彬有礼,而且,不怒而威。

总之,她已经和从前,完完全全不同了。

就好像脱胎换骨,换成了另外一个人似的。这个人,找不出一点瑕疵,也看不出有七情六欲,还让人真是有些担心。

她跟在罗尚明的身后,招呼着记者和医院的领导,一看就是个不同凡响的人物了。

院里的那些个头头,都谄媚地围在她和罗尚明的周围,待他们出去后,我感慨万分,没话找话地对受了惊吓的病人说:"那个女人,你觉得她如何?"

病人啧啧赞叹,一看就是个能干的人。

我跟他八卦,以前是我们医院的呢,现在都不知道坐到什么位置了。

正在扯话,就有同事一溜小跑来找我,鬼头鬼脑地问我,看见王皓雯了没有,听说人家当了市政府办公室的主任呢。说着,又捣捣我,她在医院时,你没得罪过她吧?

有了那次吃饭的教训,我已经学聪明了。赶紧摇头,说,我那时也不怎么认识她呀,她朋友多,人缘好,我们最多最多也就是点头之交。

说着,我口袋里的手机突然响了起来,看看号码,却是前妻的。我眉头立刻紧皱,神经大为紧张,不知道她又要干什么。

在那个阶段,基本上她主动找我,就是要刁难我了。

我赶紧跑到外面的走廊上,找了一个僻静的角落,接她电话。

她竟然还在哭!是不是一睡醒就接着哭起来了呢?她说她没有力气站起身来,实在是觉得太痛苦了,孩子还要吃药,可她没有办法照顾孩子。她歇斯底里地骂我:"你实在不是个东西,为什么要将我害得这么悲惨!"

我浑身发抖,一个劲地安慰她,哄她,求饶。我说我完蛋了不要紧,反正我就是个坏人,但你要保重自己呀,还有孩子呢,难道你希望看着孩子受罪吗。你得赶紧爬起来,单位就不要去了,我打电话给你请假,你先

第六章
三次见面

照顾好孩子再说。

不行,她不干,她要我立刻回家去。

我没有耐心了,我真的觉得自己要崩溃了。

这时,我对她说了一句狠话,我说,你看你的样子,就该知道我为什么总要躲着你了吧。你是在往死里逼我啊,是不是不见到我的骨灰,你就不肯放过我呢?这样吧,我们离婚好了。你今天爱怎样就怎样,我是不想回家的,孩子我会叫我妈过去,你把孩子的衣服什么的都给她,这段时间让她帮我们带着。等我们商量好了离婚的事宜,再讨论孩子监护权的问题。

她大喊起来,声音之恐怖,让我电话都握不住了。

当时我有个很不好的感觉,她不会突然刚烈地一脑袋就从楼上跳下去吧?

我又赶紧哄她,可还没说两句,她已经将电话摔了。

我呆站着,捂着耳朵,不知道该怎么办。一时间,就觉得意识和身体似乎分了家,连眼前突然走近一个人来,都没反应过来。

竟是王皓雯,原来她也在这个僻静的角落里接电话呢。见我过来,她一声没吭,我又没有心情观察周围,难怪没有看见她。

这么说,我刚才说的话,她已经全都听见了。

果真,她叹了口气,问我:"咋了,家庭闹矛盾呢。"

我点点头,心里乱得只想一个人待着。这次轮到我不想认识她了。

她多聪明一个人啊,哪能不知道我在想什么。她走上前一步,突然轻轻地拥抱了我一下,然后拍了拍我的肩膀。说了句,多保重。

说完,就踩着高跟鞋,走了。

她的这个举动,别说,还真是让我感动。我发现这之前那么多年对她的隔阂,或是不那么舒服的想法,在一个瞬间,就消失了。

这次见到王皓雯不久,我就离婚了。

离婚后的一年里,我过得比较潇洒。没有交往任何一个固定的女朋友,觉得单身的日子还不错。虽然离婚,在单位里造成了不好的影响——

发言人

前妻抱着孩子来单位揭发我的罪行,在一个女人占多数的单位里,可想而知我该多么狼狈。

但这一年里,我业务上有了很大的进步。发表了很多论文,还做了一例医院历史上从没有见过的疑难手术。

突然有一天,院长打电话到我们科室,竟然点名说要找我谈谈话。

因为之前科室主任全然不知道此事,所以院长这通电话,就让他们都有些紧张。我临去四楼院办前,好几个人一起围上来,要我仔细回忆一下,是否工作有什么疏漏。

我坚决摇头,我从院长的语气里,已经听出来并不是倒霉事情。所以我就安抚老朱他们几个,说即便有事,那我也一人做事一人当,让他们千万别紧张。

到了院长办公室,竟发现院长正儿八经地在等我。

院长是国务院特殊津贴的专家,平时很是不可一世,对我们这些小喽啰,眼皮都不抬一下。他工作很有热情,管理也非常严格,医院这些年收入一直不错,是和他密不可分的。虽然做人做事,势利独裁,但现在这个社会,只要能赚来钱,才是硬道理,对不对?

总之,我认为他是这样的人:情感上可能存在着盲点,但认识上却极具洞察力。

他亲切地招呼我坐下,竟然还主动问我,要不要喝水。我只敢坐四分之一个屁股,摇头说,不喝不喝,院长费心。

他不回到他的办公桌后面去坐,而是跟我坐在同一张沙发上,先是寒暄了几句家常话,问了问我是哪一年到医院,职称如何等等的话,又将我刚发表的论文拿出来讲了讲,我非常吃惊,他竟为我而专门做了功课,调查了我的情况。

到底出了什么事情呢。

一会儿,他终于说到了正题上面。他说,市里最近要开一次卫生系统的代表大会,往年都是我们医院的工会代表,或是比较有威望的大夫去开。但这次比较奇怪,市里居然有人点名,说让你代表我们医院去开这个会。

第六章
三次见面

他不说则已,一说我也吓了一大跳。我算哪根葱,为什么会被人点名去开这样豪华的会议?

我说,不会吧,院长。你们是不是听错名字了,也许有人和我同音字呢。

院长说,怎么会,我们怎么会犯这样的低级错误。说的就是你,当时电话通知的,周芥平,芥末的芥,人家还专门强调了的。

要说我完全没有想到这其中的奥秘,也不准确。我确实想到了某个人,那就是王皓雯。能这样理直气壮地点名要我去开会的,除了她还能有谁呢。

我还认识什么可以叫得上我名字的官员吗?

但我不能承认,面对院长的狐疑和不解,我也只能比他还要不明所以地表示,也许这只是市里随机对大夫的一个抽样,也许在别的医院,也都遇到了同样的事情。

院长见我不肯交代出背后的大后台来,就有些不快。

他一定认为我实在是太不知好歹了吧。

他就说,这个我们也是调查了的,其他医院没有类似的问题,只是点了你一个人的名。既然你也不知道情况,那就等参加了会议,回来再说吧。

我点点头,退出了院长的房间。

过了两天,我真的去参加这个代表大会了。

在主席台上,我看见了王皓雯。她不苟言笑,却不失亲切自然。她开会时在主席台上,吃饭时在贵宾室里,即便和代表们谈心合影,也是大批人在一起。我根本没有任何机会,可以单独见到她。

不知道是否是她叫我来的,也不知道用什么方式对她表示感谢。反正糊里糊涂地,两天的会议,就这么结束了。

回到医院,院长又一次叫我去,这次他直截了当,问我是否见到了什么重要领导。我也据实相告,我说领导都坐得又高又远,并没有亲密接触的机会。

他就让我离开,虽然对我的汇报很不满意,但他的表情,是已经将我划拉到可以挨近他的那个团队里了。

他说，以后我如果有什么事，可以直接去找他。

我后来仔细想过这件事情，我敢打赌，叫我去开会的，一定就是王皓雯。她的目的其实非常简单，就是想让我见识见识她坐在主席台上的样子！

这样一想后，我心里就涌上了奇怪的感觉，既得意，又可笑。原来她还蛮在乎我对她的看法嘛，还想在我的面前争面子。

你说，这几件事，这样的感觉，我能对熙娴说吗？

我也有我的自尊和我的隐私哪，是不是？

第七章

安接生

女发言人

转眼王皓雯事件发生三天了，这三天我们医院里的每一个人，都心潮起伏，一说起此事，就滔滔不绝，刹不住车。总能看见三人一伙、五人一群的，穿着白大褂，脸上带着或迷茫，或深刻的表情。

迷茫的是装傻族，妄想探得更多的秘密；深刻的是自作聪明派，一心想发表出一针见血的见解来。

张齐还是没有来上班，但他的老婆"安接生"终于露面了。

她是一个50来岁的老太太，平时说话大嗓门，总是一副斗志昂扬的表情。出了这事，明显对她心情大有影响，只见她黑着脸，一路目不斜视，跟谁也不打招呼。

仿佛在说：哼，别以为我不知道你们在背后说三道四的那些话！

她一进医院，屁股没坐稳，就先去了院长办公室。

她提出了两个要求：

（一）院方出面，替张齐辟谣。这事发生三天了，医院竟然一直不做出任何说明，到底是什么意思？即便不为本院职工着想，也应该替自己医院的名声着想吧。要是病人知道这家医院的大夫，乱搞男女关系，还能放心来看病吗？

（二）她要起诉散布谣言的各大网站，还要追查那个叫小白菜的网友。她已经找好了律师，希望医院能提供证明。

院长具体怎么回答的，我们并不清楚。

传出来的话是，院长对安接生说，只要她需要什么，医院都会无条件地全力配合。院长也不相信这件事会是真的，可是无论怎样，希望张齐能尽快恢复工作。

张齐却依然不肯露面，同住在医院家属院的医生们也都发现了，平时每天散步的张齐和安接生，再也不出来散步了。

张齐家的窗帘，还总是拉得死死的，家属院里甚至出现了报社的狗仔记者，见人就会打听点什么。

有了院方的圣旨，安接生拿出了平日的干劲来。

希拉里多么强悍呀，可她不也要帮丈夫渡过难关吗？家人家人，什么叫家人？那可不是叫你在遇到麻烦时赶紧躲开，而是要勇敢地和对方站在

第七章
安接生

一起。

无论你们自己在家里有什么分歧,但面对同一困境时,两个人必须相互扶持!

安接生说的这些话,很快也就在医院传开了。加上在医院里,她一贯作风正派,眼里揉不得沙子,其鲜明的立场和态度,立刻赢得了很多人的赞同。

大部分女人,都深有感触,觉得安医生心胸宽大,实属女中豪杰。

男医生们也纷纷竖起大拇指,认为安医生明事理识大局,这种时候,还能如此坚定地站在丈夫一边,实在是太感人了。

这才叫相濡以沫呢。

既然安接生得到了舆论的广泛支持,她随后的翻案工作,就容易多了。

安接生的计划是,要将网络上关于王皓雯是因为勾搭了张齐,才能留在医院的说法,彻底推翻。

这样一来,她就需要收集到足够的证据,证明王皓雯在医院的那两年里,不仅为人处世圆滑,而且业务能力也很强,才能留下来。

最主要的还有,安接生还要证明,王皓雯从来也不缺乏男朋友。有年轻的,有当官的,还有才华横溢的。相貌难看、岁数偏大、只是一介小小副院长的张齐,是无论如何也不能入她的法眼的。

我到现在也没有弄明白,世上人与人之间的故事,到底都是通过一种怎样的模式进行传播的。据说国外有人专门研究谣言的几种传播方式,一定和这些故事的流传是相同的。特别是在我们医院,十层大楼,200多人,叮一件蝇头小事,一般半天时间,就能做到妇孺皆知。

随后的两天时间里,我们陆陆续续地都知道了安大夫显著的工作成果。她可以说是掘地三尺,挖出了王皓雯当年在医院的许多"事迹"。这不禁让我想起了刘正大的话,总有人会替他找到他想要的资料的,果真!

归纳如下,王皓雯当年的故事,有这么几个。

王皓雯从县医院来我们院进修学习,第一站就是妇产科。

那时安接生年富力强,刚提了主任医师,又做着科室主任。王皓雯对

她别提有多尊重多巴结了。不错，她确实是通过安接生，才和当时做副院长的张齐熟悉了，可他们在一起时，安接生也都在呀。

因为王皓雯家不在省城，节假日就单身一人，安接生看不过去，总是叫她去她家里包饺子。

安接生和张齐的家，住在家属院最好的那幢家属楼里，四房两厅，140多平方米，还有两个超级大的阳台。

安接生喜欢吃干菜炖排骨，大阳台上时不时会晒点豇豆、菜花什么的。有时候还有煮花生，也放在外面去水分。

王皓雯去了她家，就跟自己孩子似的，见了干菜，也会掰一节，放在嘴里吮吮，要是有水煮花生，那就更不会客气了，抓起两把，剥来就吃。

安接生蛮喜欢王皓雯的随和劲，她聪明、好学，待人也特有分寸感。别看常去主任家里吃饭什么的，可在科室里，却总是毕恭毕敬，主任长主任短的。

安接生当主任时有个毛病，早晨签到后就要训话，每日一训，也不全跟业务有关，常常有她看不惯的人事，或是自己看电视、看杂志时冒出的想法来，都要对大家扯三五分钟。

比方说，头一天有人在工作时间，接到男朋友的电话，一聊就是20多分钟，被她知道了，第二天早训时，她就会问大家爱情是什么，啊？爱情这东西，就像热水器，热得快，凉得也快！要知道，再热的爱情，最后也得冷却。要想保持恒温，最好的办法，就是别架大火烧，适可而止最重要。然后，她结尾时，用不点名的方法，说情人之间有话，可以下班说，上班时间，是坚决不允许的！

又比方说，有个病人，特别容易紧张，她患子宫肌瘤，不得不手术了，可还是不放心将自己交给大夫，总是忍不住要拿社会上那些可怕的医疗事故来询问医生。切错了怎么样，不会麻醉没醒就死过去吧，这么不放心，又不肯塞红包，连200元也舍不得封。安接生早上训话时，就拿这个当话题，说不是我们医生想要红包，而是做人不能这么不相信人，选择了医院，就得选择信任，否则不如不来。她由此引发出一个人生道理，我们平时做人做事，就得一心一意，不能想让你做好事，却不肯信任你。那样谁也做

第七章
安接生

不好的。

总之，安接生喜欢讲人生道理，好为人师，做科室主任有点屈才了，至少应该做到院长，每日一训，受教育的人也能多一些。

后来有一天，安接生说了这么一个话题。是关于婚姻中的女人，她说女人结了婚，心就得落到地上来，不要总想朝天上跑，必得要有柴米油盐这样的东西滋润着，才能体会到踏踏实实的幸福感。至于别的东西，热闹、强势、兴奋、漂亮、男人的殷勤……看着炫目，其实是天上的云，虚幻的，真遇到什么难事，一点用都没有，风一吹就散了。

她说这话时，既没有看谁的眼睛，也没有意味深长地停顿，大家就觉得她只是随便说说。当时王皓雯已经离开妇产科，去了别的科室。到后来，终于有人明白安接生这话是在说谁了，原来就是王皓雯。

那段时间的王皓雯，经常去歌舞厅跳舞。

不仅跳舞，还尽情地参加当时省城的所有时髦活动哪。

比方晚报举办的单身聚会——她说我一人在此，当然就是单身啦。

还有政协举行的慈善义演、金牌运动员的粉丝会、电视台业余演员培训班……她朋友多，比我们这些土生土长的人，朋友多多了。而且基本都是男朋友。她活得潇洒快活，衣服穿得也特别漂亮。

2001年冬天，王皓雯做了一件比她本人，比她所有衣服都漂亮的事情。

医院来了一位患脑瘤农村姑娘，要动手术。家里一贫如洗，一点办法也没有。那时互联网还不够发达，媒体的影响，远不如现在这么大。报纸报道了，很快就湮没在其他的新闻故事里，医院只收到5000元的资助。

王皓雯通过朋友，做了一张两人高的大海报，邀请了医院里的一些医生、护士，周末跟她一起上街，到市中心的商业热闹点，支起海报，摆下募捐箱。两天，就募集到了两万多元钱。

这事上了电视台，也登了报。市医院医生为患者筹募手术费，对医院来说，是个多么好的广告啊。

如果说大家记忆中，能把张齐和王皓雯联系在一起的，也就是这件事

了。因为事后张齐代表院方,在职工大会上表扬了王皓雯。说她有一颗医生救死扶伤的水晶心。

虽然只是个进修医生,但王皓雯真是从没拿她当过外人。来医院三四个月,她就认识了所有的人,最有趣的是,安接生的调查,让我们又勾起了关于"四大金刚"的回忆。

第八章
她身后的男人们

当时医院里，单身的男大夫也有不少，大多数都住在医院后的单身宿舍里，宿舍是一长排平房，有些房间的前面，有一个小院子。带了院子的，是分不到家属楼，或是还没买商品房的医生，就拿单身宿舍当了婚房。垒个小院，一来和单身汉有所区别，二来隐秘性也好点，三来院子里放个煤气炉，就可以做饭了不是？

王皓雯在另一个刚来医院不久的女医生的房间里，支了一张床。

因为按规定，她只在我们医院里待一年。所以只能给张临时床位。

女医生的空间陡然被占，当然不满，她要谈恋爱，要和男朋友亲热，房间里多个人，能自在吗？

她开始对王皓雯的私生活，评头论足。

"四大金刚"就是她说出来的。

所谓四大金刚，其实就是那排平房里的其他四个单身男人，三个医生、一个护士——别以为没有男护士，我们医院就是有的啊。

我们暂且将他们叫做赵钱孙李吧，这四个人，其中有一个是离了婚，重归单身的，有两个人有女朋友，还会不时地来医院玩一玩。

他们五个人，很快就组成了一个亲密的小团体。之前那些时髦的聚会，都是他们几个人一起参加的。还有舞会、看电影，甚至逛街买衣服……因为只有王皓雯一个女人，她的同室就将那四个男人叫做保护她的四大金刚。

这样的关系，说句实话，总是有些暧昧。不管他们自己觉得多么纯净，多么义气，你说一个已婚的、单身在外的女人，和几个男人打得火热，别人会怎么想？

赵甲是内科大夫，也就是那个离了婚的单身男人。那时他已三十五六岁，人有些懒散。他喜欢看《易经》，讲命理什么的。

医院里有些女人，遇到事了，比方老公花心、老人病危，实在没辙了，就会找他给算一算。她们说，他算得有时候还挺准。他和王皓雯在一起都能说些什么呢，王皓雯最不信的，可能就是这些鬼鬼神神的东西了。但有人听他不止一次地说过，王皓雯命很硬，一般男人是驾驭不了的。

钱乙是肝脾科的大夫，特别爱干净，一天要洗无数遍手，身上总散发

第八章
她身后的男人们

着肥皂水的味儿。他留小分头，梳得特别整齐。有女朋友，是大学同学，在中医院当大夫，于是他见人就说肝病要用中医治。虽然他和王皓雯玩得很近，但谁也没听他说过王皓雯的什么话。直到现在，他已经结婚生子，安接生又在密集地调查王皓雯曾经的往事，依然没有听到他说她半个不字。大家能传播的，就是两三年前王皓雯升了官后，他曾对同事说，王皓雯走到今天这一步，是迟早的事情，年轻时他就很佩服她。

对了，他比王皓雯要年轻好几岁，那时算是小弟弟了。他这样说，似乎很有道理。

另一个小弟弟，是孙丙，牙科的大夫。早已离开医院，去外面开私人诊所了。

四大金刚里，他跟王皓雯玩得最好，而且当时他曾对钱乙说过，要不是王皓雯结了婚，他非把她追到手不可。孙丙年纪轻轻，就很有闯劲，颇有点天不怕地不怕的精神。联想到他后来毅然辞职，到外面开诊所，现在已赚了个钵满盆盈，大家就说，他当初能说出这话，很有可能是真的啊。

至于李丁，现在是我们医院后勤部的部长了。那时他是护士，也有一个女朋友。他倒是一直和王皓雯有密切的联系，早几年大家就都说，他当官，是和王皓雯的帮助分不开的。此人比较滑头，很会搞人事关系。这次安接生展开调查，终于问到了他的头上，据他说，当年和王皓雯是玩得很好，主要是因为王皓雯能干，人又热情，但她的宿舍做饭不方便，就常借他们几个的单身宿舍做红烧肉改善伙食，他们的友谊，确确实实，是吃到一起的。

这四个人所说的话，让人对王皓雯的印象并不差。

因为想起了这些事，就有人回忆起来，当年四大金刚的说法，在医院流行开来后，王皓雯还拿这事公开做过一次声明。

那是元旦，迎新聚餐，院里晚上没有值班的大夫，全都去了酒店一起吃饭。会上当然很热闹，边吃边有人出节目。

王皓雯唱了一首歌，她声音偏低，但唱得确实不错。掌声雷动中，她就大声说，这首歌献给在座的各位朋友，尤其是我的四个哥们儿，是不是有人叫他们四大金刚啊？那我不成观音菩萨了吗？有谁见过我这样长相的

观音吗？

她是自嘲，也是借机撇清。最狠的一招儿是，话筒捏在她的手里，她接着说的话，让事情彻底向她有利的一面转了过去。她用手指了指那个跟她同房的女医生，说，我们一个宿舍，见我有四个男朋友，你却只有一个，是不是忌妒啊？

满场皆笑，那个女孩儿羞得脸通红。

现在想想，王皓雯是很有一套危机公关的本事的。她借着聚餐唱歌，不仅攻破了谣言，而且让大家明白这话是从谁嘴里说出来的。

最主要的是，她大庭广众如此坦然，无疑让人再也无法就这事继续说她点什么了。

果真，从那儿以后，四大金刚这词儿，很快就烟消云散了。

也不怎么能再看见王皓雯跟那几个老兄一起玩了，她在医院外结识了更多的朋友，甚至还有黑道上的老大。

黑老大这事，正是安接生调查出的第四件事。

对她证明王皓雯无须凭借张齐的关系，才能留在医院，具有很大的说服力。

事情发生在王皓雯在我们医院进修即将结束的时候。

春暖花开，风光明媚。王皓雯从某大学里借了一辆小面包，亲自开车——那时她已经会开车了。

车上载了七八个朋友，其中只有一个是我们医院的大夫，是当时跟王皓雯一个科室的女同事。她们年龄相仿，也都很爱玩儿，而且那个女同事家里有台微型的摄像机，是她老公从美国带回来的。王皓雯坚决要求她一路跟拍。

几个人是去市郊的水库玩儿。除了钓鱼，还可以坐游艇、玩快艇。

这件事，就是那个跟她一起出去玩儿的女医生说的。

当然，现在她已人到中年，做事说话都稳重了许多，尤其当安接生开始重新调查这事时，她无论从表情，还是言辞，都变了很多。

在之前的好几年，每当她谈到那次惊心动魄的游玩儿时，都先会发出

第八章
她身后的男人们

一连串的惊呼，啧啧之后，再将事情的来龙去脉，渲染得淋漓尽致。

她会从那天刚上车，就见到王皓雯讲起。

当时车辆还没有现在这么普及，学驾驶开车，更是一件时髦得离谱的事儿。

可是王皓雯端坐在司机位上，戴着一顶黑色的棒球帽。她穿件贴身的浅灰色紧身毛衣，下面是条黑色的宽腿裤、休闲鞋，非常之帅。

车上其他六个人，都是男人。有年纪轻的，也有年岁差不多的，还有两个40岁出头的。王皓雯给她介绍她的这几个朋友，年龄大一些的，她一律称呼为哥。

比方说："这是电信的贺大哥，负责客服运营，你以后家里电话有问题，任何问题，都可以找他。"

"这是证券公司的杨总杨哥，买股票吗？有内部消息哦。"

"这是财政局的王处长，叫他王大哥就行了。"

"这是某某大学的教务处长，有朋友孩子读书不？他能帮你哪。"

……

总之，等她这么介绍完一圈后，女同事就明白了，王皓雯已经跳出了四大金刚的圈子，她交际的档次，已经非早些日子同日而语了。

女医生见到这么多风光的人物，心里就有些慌乱。王皓雯又将她介绍给其他几位男士，言辞之中，狠狠夸奖了一番她那颇为能干的老公。

总之，王皓雯坐在驾驶座上，对自己什么都没有说，可是却已经传递出这样的信号，她往来无白丁，车上皆鸿儒，不是身怀绝技，就是身居高位。

身后的这些个人，也许坐上她车之前，还都不觉得自己有什么，什么这个老总，那个处长，或是经理的，其实都是王皓雯提前透支的，他们都还没有坐到那个位置哪，或者是，即便坐上了，自己也还没觉得自己有多大的能耐哪。

还不是一样得给老婆撒谎加班，才能偷偷摸摸跑出来吗？还不是因为贪图王皓雯给大家找的这点小便宜，才欣然赴约的吗？还不是最终为了到水库后，可以一边坐着游艇看风景，一边搓麻将，再赢他个仨瓜俩枣的，

才这么兴致勃勃地上了路吗？

但王皓雯却给他们头上，个个戴上了价值不菲的光环，他们又怎能不替她争气，要做出一副挺胸腆肚、自我感觉良好的样子来呢。

于是，这群人，就这么着，趾高气扬地出发了。

水库在一个叫内园的小地方，靠西，盛产辣椒和白酒。那地方民风一贯剽悍，但谁也没真正见识过。有时候会听在省城工作的内园人，这么说当地的俚语："三天不砍人，就不是内园人。"

进入内园境内，就有人搬出了这句话，大家听得哈哈大笑，纷纷联想起自己认识的内园人，又带来更新一轮的大笑。

和所有水库一样，地方都比较偏僻。还要沿着山路，开上去一小段。王皓雯多少有些紧张，紧紧握着方向盘，开玩笑说："还真够费事的。"

就有人抓住了扶手，对她喊："小王，我们大家的小命可都握在你的手里呀。"

山路不好走，路两边竟然有无数高大的茅草，真够挡视线的。碰到了一个拐弯，王皓雯刚一打方向盘，对面陡然冲出一辆摩托车来，就听有人大喊出人命了、出人命了。

双方都紧急刹车，从摩托车的后座上，却已经摔出去了一个人。

王皓雯赶紧跳下车，跑过去看。

车上其他人，除了那个女医生，几个男人，竟然个个都吓得面若死灰，一动也不敢动。女医生站在王皓雯身边，就见摩托车倒在地上，开车的小伙子没事，已经站了起来，并且脱掉了上衣，在还略有凉意的春日里，赤膊上阵。

一米开外，躺着一个老太太，紧闭眼睛，一声不出。小伙子把手放在嘴巴上，做喇叭状，冲着四面八方大喊："出人命喽——"

王皓雯也不是吃素的，一巴掌伸出去，就将小伙子的手，从嘴巴上打了下来。接着说："出什么人命了，出什么人命了。谁死了，你指给我看！事情没有调查，就由着你这么大喊大叫了？告诉你，别以为我不知道你玩的是什么，你这样的人我见多了。碰瓷是不，碰瓷是不，我自会叫警察过来，由不着你喊东喊西的。"

第八章
她身后的男人们

说着，拿出手机，就拨了"110"。

可从四面八方，已经开始向车的方向聚拢来人了。一看就都是当地的老乡，还有人手里拿着绳子、铁锨，他们想干什么？

王皓雯也害怕了，她拉着女医生，一步一步退回到自己的车上，然后哗啦一下，把车门关上。她一边焦急地在电话里讲情况，一边伸出头看外面。女医生问她，要不要下车去看看那个老太太，不管是什么情况，她们总还是医生不是？

王皓雯坚决反对，她说这群人肯定不怀好意，一定是存心来敲诈的。听过内园人的俚语吗，真没有想到啊，竟然这里的风气真的如此恐怖。

车上其他几个男人，都有些慌了手脚。仿佛老天有眼，刚才被夸大的职务，要用这一刻的渺小来偿还。

他们都是上班时间溜出来的，可不能被单位知道呀。这群刁民，是想要什么呢？是要钱吗，还是要车？会不会根本就在车上绑了一个半死不活的老太太，来敲诈的？

警察还没有来，车下的刁民们，却已经来了精神。有几个小伙子，和那个摩托车司机一样，也扒了衣服，露出赤裸裸的上身来。穷凶极恶，一口一个杀人偿命，竟开始推搡起车来。

见在座的几个"哥"，只会面面相觑，一口一个等警察来了再说，王皓雯再也坐不下去了，她一步跳下了车，推开人群，向地上躺着的老太太走去。

一边走一边喊："我就是医生，我来看看怎么回事。"

老太太活着，已经换了一个姿势，可眼睛还是死死闭着。王皓雯看了看地形，是一个小转弯，她转弯前还按了喇叭的，摩托车拐弯时，也不可能全力加速，所以只有一种可能，老太太坐在摩托车上，摩托车则等在原地，待车一过来，他一捏刹车，飞出去的那个人，很可能是借着自己的力量滚出去的。

她摸老太太的脉搏，很正常，除了闭着眼，其他什么异常也看不出来。警车终于到了，上面跳下来两个警察，一脸不耐烦，也没怎么当回事的样子。

女医生叫车上的几个男人下来讲讲话，大半天，终于下来了两个。却

并不开口，只是站在一边。

王皓雯给警察说好话，又把车上的几个官阶搬出来。警察只是为难地摇头，待后来，终于将她拉到一边，对她语重心长地说：

"你看这么多人围过来，就该知道是有组织有预谋的嘛！我们警察，是惹不起这些人的呀。看起来是村民，其实就是黑社会。不晓得你知道不知道，全省黑社会一大半是我们内园人啊。反正你们是省城来的，人又多，大家一起凑一凑，凑个四五千元，也就可以打发了。"

"四五千元？"王皓雯倒吸一口凉气："别说没有那么多，就是有，又凭什么给他们！你们是警察，你们不管，还有谁能管？大不了水库我们不去了，把那个老太太抬上车来，我带她去医院看病行不行？"

她喊的声音大，一听没有投降的意思，"刁民"们就又开始推车了，还嘴里喊着："推到山沟里去！滚死个他娘的！"

王皓雯跑到车边，问车上几个"哥"，有没有什么关系，赶紧找一找。那几个死人一问三不知，吓得直摇头，已经开始摸兜，要凑钱了。

王皓雯站了片刻，终于铁青着脸，拨通了一个电话。

就见她站到一边僻静处，低声说着什么。警察还在现场，当然不会让刁民们真的将车推到沟里去，但也把着车门，劝说车里的人，尽快多掏点钱出来。

这时，打完电话的王皓雯走了过来，一脸镇静。她再不多说半句话，只是拿了瓶水，送到地上躺着的老太太跟前。嘴里说："老人家，你也不容易，这么大年纪，还有这身手。也是被坏人利用的吧。喝点水吧，等会我大哥来了，看他怎么说。"

听她说出这么镇定的一席话，周围的刁民们还真有些吓住了。太阳高照，车里的温度已经上去了。女医生和几个"哥"们悄悄议论，说，王皓雯的大哥，还真不少呀。

大哥的"出警"速度，明显比警察要快。

不一会儿，就见一辆黑色的别克车，威风凛凛地向山上开来。王皓雯站在路边冲车招手，有人眼尖，报出车牌号。就听耳边一片嗡嗡之声："真是大哥的车，完了，撞了大哥的人了。这还了得，跑吧，跑吧。"

第八章
她身后的男人们

呼啦啦的，一群人转眼就散了四分之三。只剩下车主和几个看热闹的，被王皓雯和警察围住走不脱。

车一会儿停了。车上的人还没走下来，那个摩托车主，已经跑了过去，对着敞开的车窗玻璃又是弯腰又是鞠躬。地上的老太太也坐了起来，没事人一样地在搓脚。两个警察退到了警车边，一副准备打道回府的样子。

事情就这么解决了。开摩托车的男人，带着老太太一溜烟走了。别克车里的人还是不下来，王皓雯亲自走过去，满面笑容地感谢个没完。不一会儿，黑车掉了头，也开走了。

王皓雯再走回来，面包车里静悄悄的。她重新坐上司机位，大不咧咧地说了句："妈妈的，光天化日之下，居然还遇劫匪了！"

说着，发动了车子。就像刚才什么事都没发生似的，又冲大家欢声笑语起来："各位大佬肚子饿了没有，我们到了后先吃饭吧。今天我功劳大，你们得请我。一会儿打麻将时，也不许赢我的钱！"

瞧，这就是王皓雯，她就有这样的本事，四两拨千斤。

后来，其中的一个"哥"，又再次见到过女医生，他对她无限感慨地说，王皓雯真的是个人物，比爷们儿强，又没有老爷们儿的坏毛病。

那天他们玩得很痛快，王皓雯再也没有就这件事多啰唆一句。倒是有人提议，让她回去后请那个大哥吃顿饭，这饭钱，大家愿意凑一凑。

王皓雯扑哧一笑，淡淡地说："他不缺这顿饭。我也是才刚认识他的，今天他能给我这个面子，我自会用心找机会报答他的。"

这大概就是故事的全貌了。

女医生当年讲出来后，令医院里的人颇为震惊，也让她颇感自豪。再三对人讲，王皓雯在全医院只找了她一个人陪同！

连黑社会的大哥都认识，这当然让同事们从此高看王皓雯一眼，个别特老实的，竟不怎么敢在她跟前随便说话了。

但讲故事的人，怎么也没想到，王皓雯会有被全民腹诽的这一天吧。

现在她再说起这事来，低调无比。她说："嗨，当初她肯拉上我，不就是因为我有一台摄像机吗？最糟糕的是，其中最精彩的这一段，我竟然没有录上！"

第九章

X 光室

第九章
X光室

安接生一连调查出了王皓雯这么多往事，她一边调查，一边在网上贴着"铁一样的事实"。加上曾有"每日一训"的底子，她还可以一边讲事实，一边摆道理。

她说，王皓雯能量这么大的女人，除了四大金刚，各路大哥，据说还有一个专门陪她骑自行车去郊外赏风景的同龄男人。无论如何，她都不会需要出卖色相、委身张齐那样一个老且丑，而且权力也不够大的男人，来达到目的吧。

按她的性格，她要找，也只会找个大哥，找能一锤定音的人才对。

她分析得不是没有道理，可是这样一来，安接生的矛头又指向谁了呢？

一时间，新的谣言又开始在医院里沸沸扬扬起来。

关于张齐的闲话，说的人渐渐不多了。大家都陷入了过去往事的回忆中，连四大金刚的饭局，都明显多了起来。

安接生所说的，那个陪王皓雯骑自行车赏风景的同龄男人，正是我。故事讲到这里，是不是让我先停下来，歇口气呢？

我是在27岁那一年结的婚。那一年，我的身边还发生了一些事情。我的一个中学同学，得重病去世了，他还没有结过婚就死了，这让我心里特别悲哀。可也许这正是为什么之后我会特别快就结婚的原因吧。

去医院看病重的那个同学时，重逢了我的前妻。她也是我的同学，但因为高二才从外校转进我们班，大家相处的时间不是很长，毕业后，一旦不再联系，也就差不多要忘记了。

从同学的病床边离开，我们的内心都很沉重。走到公交车站，我正准备跟她告别，去坐另一路车时，突然看到她咬着嘴唇，眼睛里闪着抑制不住的泪花。

她这个样子，让我心里一咯噔，心想，她可能被吓住了，我应该哄哄她才对。

于是，我伸出了胳膊，搂住了她的肩膀，我说："别太难过了，生死由命，这是谁也控制不了的。"

女发言人

你要知道,我们做医生的,会常常说出类似的话来。听到我这样说,她的眼泪落了下来,两手插在衣兜里,身体竟然发起抖来,好像强忍着剧烈的痛苦似的。我放在她肩头的手,能感觉到那一块肌肉的紧绷。

我说:"嗨,你别这样,说出来,说出来就好了。"

她摇头,牙齿紧紧咬着嘴唇,嘴唇也抖动起来。她的脸色开始发白,就有点像孩子高烧抽风前的症状,我有点紧张,伸手去她衣兜里拉她的手,却摸到她攥紧的拳头。我想把她的手拉出来,让她放松一些,她不肯,力气大得不得了。

我就说:"你跟我这么较劲,别人看见,还以为我把你怎么了呢。你得把手伸给我,我来给你疏通一下穴位。"

她终于吁出了一口长气,把右手伸给了我。

我问她:"你是爱着他吗,还是你们一直在谈朋友?"

她一时间没有反应过来,愣愣地看着我。后来终于明白我说的这个他,就是那个病重的同学,就摇了摇头,轻声说:"都不是。我是看到他快要死了,太害怕了。"

我给她一边搓着手,一边安慰她:"他从小身体就不好,时间已经长了。这次发作得有点急,但已无力回天。"

她的眼泪吧嗒吧嗒往下掉,说:"你这人挺好的。"

我就有点心软了,说:"我陪你走走吧。"

两个月后,我们就结婚了。

这婚结得有点蹊跷,之前之后,都觉得心里怪怪的。现在想想,她既没有开朗乐观的天性,又不大会化解人生的痛苦,最后会出现一系列的心理问题,似乎也是在所难免。

我并不是要指责她不对,事实上,我自己做得也很不好。我不是能帮助她的那个人,可以让她不要焦虑、紧张,放松下来。

那时的我还挺欣赏女孩子多愁善感的,觉得这样的女人,可能长情。

我们是冬天结的婚,婚后三个月后,她怀孕了,脾气变得很暴躁。就在这时,王皓雯到我们医院来实习了。

春天刚来,脱下了一冬的厚衣,但谁也没有王皓雯穿得那么精致。

第九章
X光室

合身剪裁的长风衣，垂感极好，里面是一身长袖薄呢连衣裙。

她和好多年前，已经大不同了。

后来这样的感觉一直伴随着我，我总觉得她一直在变化，从里到外，都在发生、在改变。和很多女人越来越衰败不同，她一直在绽放，不停地绽放，你简直不知道，这朵花要开多久、多香、多艳。

那年春天，和她一起来到我们医院进修的，还有四个医生。都是县或乡镇一级来的大夫。她来的地方最偏远、学历也最低。

也许在医院其他医生的眼里，她是那个最不起眼、最没有培训价值的人，但她似乎一点也没有这样的想法。她笑容灿烂，神采奕奕，走起路来，良好的弹性，都给人留下了很深很好的印象。

之前，她是应该知道我就在这家医院的。但我是她来三四天后，在X光室去分析片子时，才偶然遇到她的。

她既没有来找我，也没有特意告诉我她在这里进修。完全偶然地碰面，让我意识到，她不是在生我的气，就是故意不拿我当回事。其目的也很简单，还是想引起我的注意呗。

哎，那时我年轻，所以想问题也简单。

而她，虽然我们年岁相仿，却比我老练多了。不说别的，重新见面这事，她就比我沉得住气多了。

我在X光室，是想和拍片的医生，再仔细研究一下病人的伤口。我记得那个病人胳膊断了，后来才发现小时候也曾断过，但不知道用什么方式居然又长到了一起，可是长歪了。这次想给他矫正过来。

没片子拍时，那个姓陈的医生就坐在X光室外面的走廊上发呆，他把这叫透气，里面太黑，又有辐射，所以他能不进去就不进去。

他拉住我，要我站在外面陪他多说会儿话，刚扯两句，他突然眯缝了眼，望着走廊的那头，话也不说了，手势也不打了，多少有些目瞪口呆的样子。

我顺着他的视线看过去，就见迎面走来一个穿白大褂的窈窕女子，仿佛知道走廊的这一头，有两个男人在盯着她看似的，她不慌不忙，步态婀娜，任是一步也不肯出半点差错，高跟鞋掷地有声。

女发言人

我从没见过陈医生这个样过,因为他总是开玩笑,自嘲说做这工作久了,看谁都是《画皮》里的鬼。

今天这架势,看来是见到不同凡响的女鬼了。

人还没有走近,他就迎了上去。小王,来取片子啊?他冲她喊。女人清脆脆地回答说:"是呀,又来麻烦你啦。"

说着,人终于走到了跟前。王皓雯!

我当然吃惊,刚要叫她的名字,她也看到了我。但却显然没有我那么夸张,并且似乎并不想让别人知道,我们曾经认识且久别经年。

她就像昨天才跟我分手一样,口气平淡地冲我说:"你也来取片子吗?"

我点点头。张嘴,又想问她怎么来了这里,她依然不给我机会,而是亲亲热热地,一把挽住了陈医生的胳膊,她说:"主任叫我来取昨天两个病人的片子呢。"

虽然已经有了彩超,但产妇临产前,个别情况不明晰的,还是会要求做X光。陈医生不再理睬我了,连连点头,和王皓雯走了进去。

那时我从不觉得一个40多岁的老男人,还会对除了老婆之外的其他女人产生什么想法。他们在我眼里太老了,似乎已经丧失了感情或是别的功能。有胡子,儿子都上了大学的人,如果还对女人想入非非,是让人觉得恶心的事情。

可是现在,我也快要40岁了,我这才明白,一切都皆有可能。

我跟着他们一起走进了X光室,陈医生兴致勃勃地给王皓雯找片子,明显他不想让她这么快就离开,一边找片子,一边跟王皓雯拉闲话。

"习惯不习惯这里啊,每天是吃食堂,还是自己做来吃?"

我站在一边,没有话说。X光室只开了一盏昏迷迷的小灯,谁也看不大清楚谁。

后来陈医生要给王皓雯放片子,就将她叫到了X光机旁边。我不识趣地也跟了过去。陈医生坐着,我和王皓雯站着,突然,我感觉背上有只手在抚摸我。

轻轻地,很温柔,先是从上而下,一会儿又从下而上。接着停在了腰

第九章
X光室

部,我当时有种感觉,如果我不是穿着白大褂,也许她的手就会顺着衣服伸进去,触摸到我的皮肤。

我吓了一大跳,我当然知道这手绝不会是陈医生的手。可我看王皓雯时,却发现她脸上毫无变故,她带着可爱而专注的笑容,正盯在陈医生指在片子的手上。

很快,她收了手。她清脆地跟我们道别,拿了片子就走了。

空气有些凝滞,我是被惊住了,陈医生却是意犹未尽。良久,他叹口气,说了句:"女人真是好东西啊,你说是不是?"

我心里觉得很不舒服,于是不想再跟他讨论什么,随便说了几句,就走了。

后来我才知道,陈医生对女人是有一些奇怪的癖好。甚至有女病人曾经指责过他有猥亵行为。可是那又怎样?换了是你,整天待在那样的地方工作,你能保证你有多阳光吗?

医院其他女医生,是不怎么愿意跟他接近的。但王皓雯不同,她亲切、自然,没有丝毫不安,而且表现得还颇为亲热。

下班前,我终于鼓足勇气,给她打了一个电话。我尽量放松语气,就好像上午没有发生过她摸我的事情一样,我说:"你看你,来了这么多天,也不跟我打声招呼。是不是生我的气啦。"

她笑着说:"我怎么会生你气呢,想你还来不及呢。"

她的话让我脸烧烧的,那时还真是单纯,一点也不习惯和女人这么说话。于是我就说:"我请你吃饭吧,这么久没见了。"

她说:"好,那你说个地方,你先去,我再找你。我这里还有点事,要迟一点。"

从那以后,我发现,她从不会当着医院里其他人的面,做出跟我熟悉的样子来。即便我们俩要一起去干什么,她也一定会找借口,让我们一前一后地走。

相比她跟其他人那么容易自来熟,对我厚此薄彼,让我很不舒服。

可是我又找不出指责她的地方来。她总是做得很巧妙,让我有苦难言,又隐隐奇怪。

我足足等了40分钟,她才姗姗而来。

穿着我之前夸赞的长风衣,脱下衣服后,露出没有一处不熨帖的连身裙,我突然觉得,她是这样漂亮,之前对我的怠慢,都得到了补偿。

那天我们吃的是山西老面馆,我还记得她要了一份油炸糕。后来面上来后,我拿起醋瓶,问她要不要加点醋,她冲我微微一笑,说:"你还记得我爱吃醋啊。"

我顿时愣住了,她这话是别有深意,还是她就爱吃醋?

最糟糕的是,我根本就不记得她爱吃醋。我几乎完全不记得她到底有什么爱好了,吃的、穿的、用的,统统都不记得了。我只记得,她那时很爱穿护士鞋,穿衣颇为土气,身材也比现在要胖。

那时我对付她游刃有余,正好像和现在的我们换了一个位置。

果然,见我发愣,她立刻大笑起来。

"逗你玩哪,我就知道你什么也不记得了!"

我尴尬,心里又为她这么诡诈觉得快乐。她可真出息啊,几年不见,竟越变越可爱了。

"那你到底爱吃什么,告诉我吧,以后我也记得,不要再犯错误了。"

无师自通,我顿时也会调情了。

"你自己去猜,"她调皮地笑,"猜出来的才能记得住。"

就是在那天吃饭的时候,她提议说,天气暖和了,要是能找到周末放假,想叫我陪她出去,骑自行车远游。我一口答应了下来。

从头到尾,我们都没有提各自的婚姻状况。就好像我们俩都还是单身一样。我是到后来偶然听医院里的人讲,她早已有了丈夫,还有一个5岁的儿子。我当时默然心算,她是20岁左右选择回老家医院去工作的,如果这样,那她回去没多久就结婚了。

她的婚龄比我长,是不是因为这个原因,她才显得比我老道得多呢?

第十章

那年夏天

发言人

从那以后，到夏天结束的三四个月里。我们一起骑车出去了玩了十来次。每次我们都是约好在某一个地方见面。

从没有说我去她宿舍找她，或是她来叫我的事。

一次两次之后，我心里就觉得已经跟她达成了一个默契，这是我们俩人的小秘密，无须别人知道。

尤其不能让我的前妻知道。她平时已经够无风不起浪的了。

这样一来，我就得撒谎。出门前撒，回到家接着撒。还有躲，谎话说多了，心里竟会恨上那个逼我撒谎的人，渐渐地，就不想见她了。

我的心里，怎么说呢，要没有一点非分之想，肯定不对。但能想到哪一步，又确实没有一点把握。只是觉得能和王皓雯用这样的方式度周末，非常有意思。而且她和一般女人不大一样，她既漂亮又风趣，还有点大大咧咧的。

她让我心情轻松，充满了阳光。

我们都去什么样的地方，又都玩了一些什么呢？说起来也是有趣，这些地方，后来我几乎都再也没有去过了，不是因为偏僻，而是渐渐觉得找不出再去的理由。

看来没有合适的人，风景也是乏味的。

第一次骑车是去看一棵千年古树。

她是从半年以前的一则新闻里，看到这个消息的。说是在离江中市20公里外，有一个村子，村子里有一棵千年老树。树已经成了全村人祭祀用的祖宗了。大家都觉得树有了神性，孩子生病什么的，去烧一炷香，就能好转。

我们骑车上路，那时路上没有这么多车辆，她准备了一个包，里面放了面包和水，驮在我的车架后面。

我担心她骑得累，就会骑慢点等她，她却一踩车轮，呼啦一下就蹿到了我的前面。仿佛知道我落在后面，也会好好欣赏她一样，她并不等我赶上去，而是挺胸抬头，腰身柔软。半长的头发，吹在后面，看上去真是美极了。

第十章
那年夏天

我们似乎又回到了天真无邪的学生时代,男女同学,怀着异样的幸福感,骑车去大自然踏青。

和这样的旅途相比,家庭生活,何其沉重。

我将更有理由抛开妻子和她怀孕这事儿,尤其是一想到她孕后情绪总是不够稳定,就恨不得骑得远远的,不回家才好呢。

那棵千年老树在照片上看起来,并不是特别令人震撼,真没有想到,等我们站在跟前时,却觉得自己那么的渺小。王皓雯长出口气,像小女孩儿一样地,既畏怯又兴奋地伸了伸胳膊,她是想抱一抱这树,可是又有点畏惧。

"你说它是男的还是女的?"

我已经发现她这个毛病了,很多事情,她都能扯到男女上来。连树也分男女?这思路可真怪。

我说:"男的又怎样,女的又怎样。"

"男的也许抱一下没关系,可如果是女的,会不开心的。"

我噢噢笑起来,"拥抱就是拥抱,哪里有你那么多的邪念?"

她嘘我,不许我这么说。然后她把袖子撸起来,将身体和脸,一起贴在了那棵大树上。她一副陶醉的样子,闭着眼,不说一句话。

我再次发现她长得好漂亮,这是我以前从来没有感觉到的。

她的眼睫毛长长地覆下来,鼻子尖挺小巧,嘴形也非常好看,红润丰满。我说不出话来,呆呆地看着她。

村里有鸡鸣狗叫,却并没有一个人路过这里来看大树。树下面果然插着很多烧过的香烛,还有写了名字的布条,缠在树枝上。

"你在干什么?"

时间长了,她依然一动不动,我终于问她。

"听它的心跳,好有力。"

我突然想,命运真奇怪,我和她,为什么竟错开了呢,又为什么,再次以这样的方式,重新相见?这使我处在了一种自相矛盾的状态,是的,我怀念着过去,可当我梳理往事时,那种失落的心情,却又不仅仅只因为她。

女发言人

我的心里，非常遗憾和伤感。

还有一次，她叫我去陪她看一个墓园。

很奇怪，她总是能捕捉到这样奇妙的地方，离城市不太远，但却有足够的特色，能给人心灵带来震撼。我以后再也没有跟谁在一起，经历过如此让人激动又吃惊的探险。

这片墓园是红军西征时，留下的一片遗址。解放后，县里曾经做过一两次修葺。偶然清明时，学校还会组织孩子们扫墓。

墓园里一共有四五十个，一些家属认领后，已经全都迁走了，剩下的，则是已经找不到任何线索的孤坟了。它们坐落在一片荒凉的山坳里，茂密的野草和周围散乱的松树，几乎覆盖了全部的视野。站在这里，或是站在外面，完全就像是两个世界。

她是在一次跟朋友聊天时，偶然听到有这样一个地方的。据她的那个朋友说，这纯粹是片荒地，附近村庄离得也比较远。小时候，孩子捣乱，就被家长吓唬，说扔到这里来。

不少墓碑，已经支离破碎了，个别的，甚至已经倒了下来。上面有没名没姓的，也有一些有姓名，但出生年月也不清晰。

一步一步走进来时，我心里真是有点发慌。王皓雯没有半点不安，她脚步沉稳，动作安详。到后来，她蹲在一座坟茔前，竟说："能有这样一个地方安歇，其实还是蛮不错的。"

望望天，湛蓝透彻。我提醒她说："可这里之前也曾是厮杀的战场呢。"

她说："流了血，拼了命，从此再也不被人知道，有什么不好？"

我奇怪地问她："你怎么会想起来要看坟墓？"

她说："我一直觉得死了的人都在另一个世界里，他们和我们一样，也有他们特殊的生活方式。而且最好的是，他们一点也不在乎我们将怎么看他们了，他们只管沉默就行了。"

我不太能听懂她话里的意思，但我大概知道，她是想要说什么的。

那天，让我吃惊的是，她竟然从包里拿出了一沓白纸，还有一根黑色

第十章
那年夏天

的铅棒。她问我，要不要拓碑文？

我摆手。

"算不算骚扰死者啊？你怎么想的，这样的碑文，有什么好拓的？"

她才不管我吃惊还是不吃惊呢，她已经在一座坟碑前蹲下了身子。这个墓碑，在这么多破破烂烂的坟墓里，算是保存得比较完整的。石头上刻的字，也比较整齐。

"王小三，江西赣州人，1914年出生，1936年死于××战役。生前为某营营长。"

她把纸铺在墓碑上，纸太小，碑文显然不能全部拓上。

她一脸严肃地举着纸，左比右画，想找个最好的角度，拓下最多的字来。她一会儿又伸出手指，在那些字里行间摩挲着。

我找了一个树荫，靠着树干坐下来。看她不辞辛苦地顶着大太阳，一块碑一块碑地走过去，打量端详，然后蹲下来，拿出纸来，重新比画，再慢慢描摹。她的动作很轻，也很慢。在每个墓碑前，她都会摘几朵野花，放在跟前。

我看着她做这些事情，她似乎已经忘记了还有我这么一个人。四周静得要命，偶然只能听到鸟尖锐的叫声。她步履轻盈，另一方面，我也觉得，她似乎将这里当做了一个非常熟悉的地方，就好像地下的那些人，都是她的老朋友，都跟她有着某种默契。他们也并不反感她这样走来走去。

终于，她拓够了。一共拓下了五个人的名字，她拿着纸，向我走过来。

一屁股挨着我坐下来，她渴了，一口气喝了大半瓶水。她一点也不害羞地让我听着她喉咙里吞咽水的声音，咕咚咕咚……

然后，她抹了一把嘴，将瓶子放下，拿起那些纸来，给我看。

"有三个都是江西人。还有一个四川人、一个贵州人。你说，他们会想到有一天，他们会死在江中附近吗？"

我望着她晒得红彤彤的脸，不知道该说什么才好。

这个女人真让人匪夷所思，一会儿老辣风情得如风月场上的老手，一会儿又像天真至极的小姑娘。她做这事的时候，我能察觉到她内心有疼痛的那一面。

发言人

她就像一个远观时相当完整的物体，走近一看，却有千万道裂痕。这种不稳定的性格，实在是很吸引人，不由不让人想探询。

我拿着她拓下来的碑文看，问她："你打算将它们怎么办？"

她望着远远的天，眼睛眯着，说："什么也不做，就留在这里。又没有别的办法，告诉他们我来看过他们，只能这样拓几个字，就好像叫他们的名字，然后说说话吧。"

她的表情很平静，可她的内心，却并不像说这些话时那样安详。

我看着她，什么也不说。她突然转过脸，看见我探究的眼神，就笑了起来："你觉得奇怪？"

"才不，"我说，"做任何事情都有原因，我猜你是在寻找平静。"

她点点头，又摇摇头。突然抓住我的胳膊，要我猜等会儿我们返回时，如果换条路，应该从哪个方向走？

跟王皓雯一起骑车看风景的日子，是我生命中也不算多的珍贵记忆。那样的事，那样的景致，我后来再也没有经历过了。不是我不想回忆，而是离开了王皓雯，我不知道自己怎样去做这样的事情。总觉得有点奇怪，有点离经叛道。

至于她，以后有没有还跟别人做过这样的事，我不知道，也再没有听说过。后来她朋友交了那么多，还真没有谁说过，跟她有过这样别致的活动呢。

我们一起看过河水交汇处、某村老乡的祭祖活动、还没有被发现的明清民居……去看民居的那天，我记得我们出发得格外早，因为她说应该从当地人早上的生活跟踪起。我笑话她说，当初你为什么没有学社会学，学医真是可惜了。

她一边骑着车，一边正儿八经地回答我说："只要和人打交道，我都觉得能有收获。"

她这人身体不错，精力充沛。常常到了目的地，我还在大喘气，她已经推着车子，开始东张西望，找下一个点了。

我记得那片老建筑，在城乡交界处，周围非常混乱，居民的居住条件

第十章
那年夏天

特别不好。好几家挤在一处大宅子里，冬天烧煤球落下的黑灰，到了夏天，树缝中还能看到。厕所还是那种旱厕，远远的就臭味熏天。我真是看不出有什么好来，她却指给我看门楣上的雕刻，让我看喜鹊登门。

这片地方我没有丝毫的好印象，作为两个生面孔的外地人，居民也颇警惕。有坐马扎上歇息的老头老太太，围过来问我们找谁。王皓雯也不知怎么想的，将我指给他们，脱口而出："我们来找他大爷，叫张健业的，听过没有？"

人家就皱了眉头，仔细问名字单个的字，又互相询问，然后摇头，说没有听过，怎么就确定是住在这一块的呢？

我还真没见过撒谎可以这么顺溜，而且眼睛都不眨一下的人。

王皓雯爽气地说："他家在外地，这回来江中出差，老家人托他找他大爷，据说就在这一片，祖上还有一点宅子呢，也不知道卖了没有。正好，碰见大妈大爷的，可以问一问。"

几个老头老太太这下总算找到事情做了，围着我们，不仅要将我那莫须有的家世问个水落石出，而且非要带着我们走街穿巷，挨家拜访。

他们的意思是，问遍这条街上所有的老人。

王皓雯给我使眼色，让我别说话，她可真能编，居然还给我编出一个探花的祖上来。

有了这么一个插曲，我们参观老民居的活动就特别顺利，还听到了不少关于很多房屋的故事。几个老人都特别爱讲，他们也许根本就知道我们是为什么而来的吧，到后来，我们只听他们在讲，也不追究我要找的大爷了。

中午时分，如果不是我硬拉着王皓雯离开，她都会坐到人家的饭桌上去。

我冲她举大拇指，真是服了她了。她只当好玩儿，嘎嘎笑个不停。等我们离得远了，找个地方歇脚时，她鬼头鬼脑地从口袋里拿出个东西来攥在手里，问我："猜是什么好东西？"

我哪里能猜得到。

哗啦，伸开手，居然是一个做工精美的玉雕弥勒佛。微微发黄，一看

就有了年头了。

我吓坏了,瞪着眼睛问她:"从哪里来的,没见谁给你这个啊。"

"切,"她轻描淡写地,"谁会给我啊,我自己拿的。你也没看到吧,在一个老太太家里,就放在柜子上哪。我挺喜欢的,就拿上了。"

见她说得理直气壮,没有丝毫惭愧,我不由汗颜:"这不是偷吗?"

"就偷了怎么了?"她直通通地看着我,一副很调皮的样子,"反正那样乱放着,早晚也是个丢。再说,肯定也不值钱,要真值钱,她肯定就收起来了。"

我摇头,我说我不觉得她这么做是对的。她伸出手就冲我脑袋敲了一栗子:"得了,你做手术还收病人红包哪,不比我更恶劣?"

我哑然。只好埋头吃饭。

后来想,她说得也没有不对哦。

这片民居,在后来的城市改造中,竟然被重新修整后,又保留了下来。这中间是否有王皓雯的功劳,我不大清楚。但我想,如果她真的能有机会,参与这项工作的话,她一定是会坚持保护的。

但另一方面,我也不敢确定的是,如果有开发商愿意给她足够的好处,希望从她那里得到这块地的话,她是否又会双手奉上呢。

她爱钱,爱占便宜,爱玩儿,爱打扮,爱出风头,她如果只满足于做一个小小的家庭主妇,会是一个既能给别人带来快乐,也能找到自我乐趣的女人。可惜,她想要得到的是那么的多,她渴望的天地,又是那么的大。

那个弥勒佛,她后来也没有留在身边,好像我们回去没多久,她就说弄丢了。"宿舍里整天乱七八糟的,什么能找到啊。"

她说。

也不知是真是假。

第十一章
春心荡漾

发言人

夏天快结束时,她和四大金刚已经打得火热。

我偶尔听她说跟谁一起去玩了,一直玩到半夜才回来,我就有些不快。我像毛头小伙子一样,觉得她应该是属于我的。她喋喋不休地讲赵钱孙李,我就气恼地一声不吭。

再下一次她来约我时,我态度冷淡地拒绝了。

她好像一点也没有察觉到我的烦恼,在医院的路上偶然碰到,她依然笑容满面地主动跟我打招呼。食堂吃饭时,她偶尔也会端着碗筷,坐到有我的那一桌来,跟大家讲头天晚上和四大金刚打牌,她出了什么洋相。

大家都说她性格开朗,做人爽快。我就检讨自己,是不是有点太小气了?

不,我没有爱上她,我只是喜欢她。我说不清自己的想法,毕竟爱情无论真假,唯一真实的,是它制造了温柔。

我的心里,充满了那么的温柔,简直让我坐卧不宁。

我知道她那个月的周四是休息日,赶巧有大夫跟我换班,我也就轮到了一个周四的休息日。本来是可以待在家里的,但我仍然像往常上班一样,掐着时间出了门。

我想去看看王皓雯,我已经拒绝了两次她的邀请。而且这些日子的滋味并不好受,人们经常说恋爱中的女人最傻,其实男人也是一样。甚至谈不上恋爱,仅仅是奇妙的情愫,就够让人犯糊涂了。

之前我没有告诉她我要去找她,我担心她还在睡懒觉。

那天太阳特别好,夏天亦快结束了,还有丝丝凉爽的感觉。

我在她离宿舍不远的一个地方,找了棵树,捡块砖头,靠着树干坐了下来。院子里静悄悄的,该上班的人都去上班了,简直听不到什么人声。

一个小时后,王皓雯的门开了。

她穿身花花的睡衣,脚上还蹬着一双红拖鞋。头发披着,手里端着脸盆,向水房那边走去。她没有看见我,我也是第一次见到她一点也没有打扮的样子,不由有些发呆。

嘴角耷拉着,眼睛也没睁开,整张脸的表情,和平时完全不同,呆滞、涣散、没精打采。她头低着,肩膀一个高一个低,如果不是我看见她从房

第十一章
春心荡漾

间里走出来，也许跟她擦肩而过，我也不会拿她当王皓雯。

我悄悄地没有吭声。

等她从水房走出来，就似乎已经换了一个人。脸色也红润了，眉眼也舒展了。而且，这一通清洗，似乎将她的情绪也改变了。我突然察觉到，她的美，只是一种奇妙的气场，与五官身材的关系，都不是很大，当她打起精神，抬头挺胸时，这股气场就出来了，整个人，也就焕发出了惊人的美丽来。

我拾起脚边的一个石子，朝她扔了过去。她吓了一大跳，转过脸看见是我，不禁露出欢畅的笑容："哈哈，你来这里干什么？"

我站起身，向她走去。我说我今天正好也休息，没事做，就来看看她。

她站住，跟我在树下面说话，问我吃了早点没有，又问我打算做点什么。我说我什么都没有干，就等着和她一起做呢。她便说，那你再等等我，我进去换好衣服，就出来。

我说："我等你好久了，不能去你宿舍看看啊？"

当时我是想，毕竟我冷落她有些日子了，我应该找一个比较隐秘的地方，向她表示一下道歉什么的。

她却不肯放我进去，冲我飞了一个媚眼，咯咯笑着，说："我舍友去山东开会了，我可不想给别人落下什么话柄。"

那天我陪她去省图书馆借了书，又倒了两趟公交车，陪她去某商场换一双不甚合脚的皮鞋，然后中午我们一起吃了快餐，下午又在电影院里消磨了两个多小时的时间。从头到尾，我脑子里只想着一件事：她的舍友去山东开会了。

到了傍晚，她问我是不是该回家去了。

虽然我什么也没有对她说，但我猜她是想到我可能对老婆撒了谎，假装正常工作日，跑出来玩儿的。她看我的眼神，既关切又狡黠，让我很不好意思。按理说我的确该假装下班回家了，可是既然她这样问了，我乖乖照办，是不是也太丢人了？

我摇头，同时我的另一句谎话也脱口而出："老婆出差了，我也是一个人。"

她就笑了起来，轻松地说："那就好，我们现在都成孤家寡人啦。"

晚饭我请她吃了顿川菜。记得当时我问了她的收入，因为只是进修，所以她的工资并不高。但她说，她也不缺钱花，因为老公是做生意的。

这是她第一次跟我谈到她的丈夫，我就接着问她，做的什么生意。她说是建材，虽然在那样一个小地方，没有特别大的项目，但一年的收入，还是能让家人过得比较舒服。

她说，我挺感激他的，他等于是在我最困难的时候，帮了我一把。他是我的恩人。

我扬了扬眉毛，很希望听她继续能讲下去。她遇到了什么困难，他又是怎样帮她的？可是她却转移了话题，跟我津津有味地谈起下午看的电影来。

到了晚上，我邀请她去酒吧听音乐。那还是我结婚前常去的一个地方，有一个很不错的乐队，她高高兴兴地答应了。我们一起在街上溜达，我还买了水果送她吃，她一边吃一边跟我开玩笑："你真贴心，什么时候学会的？"

她这话让我脸发烧，我想起我们恋爱时，我做过多少傻事。那时我完全不懂女孩子是怎么回事，而她，当然也没有现在这么可爱和自如。

在酒吧，我们找了一张角落靠近演出台的桌子坐下，她和我一样，要了小瓶的啤酒。光线黑黝黝的，人开始陆陆续续地到来。她对我挤眉弄眼，说："要不要猜猜其他几个人，都是做什么的，是什么样的关系？"

我贼眉鼠眼地偷偷打量其他人。除了三桌是年轻人结伴而来的，还有一桌坐着两个年岁不小了的女人，也不怎么说话，光是抽烟。我冲王皓雯说："瞧，那两个女人，你说她们是做什么的？"

她看了看，说："找乐子的呗。"

我说："你怎么知道？"

她说："如果谈事，为什么都不说话？"

我笑她："你知道哪里有乐子可找？"

她一点也不觉得我态度有异，立刻让我转头四十五度，看那个单独坐一桌的年轻男人。

第十一章
春心荡漾

人瘦高个儿、眉眼清秀、干净文雅。正一个人坐一张桌子，转着手里的杯子，腿在桌下伸得长长。他谁也不看，可又让人觉得他一直在观察。可能因为他太有型了，连我这么个男人，都忍不住要赞叹。

我有些吃惊："不会吧，他只是在等女朋友而已。"

她笑笑，说："那你就等着瞧吧。"

见她如此笃定，我不由仗着环境暧昧，非逼着她讲出原因来。她笑笑说，好吧，那我今天就豁出去一回，给你讲一段我自己的亲身经历。

她说："一年前，我去杭州出差。机场的飞机耽误了，要等整整6个小时。我就坐到休息厅里，要了一杯咖啡，我身边的桌上，坐了一个50来岁的女人，短发、胖胖的，穿得很考究。她也和我一样，要了一杯咖啡在喝。我突然看到，有个小伙子，从远处向我们走过来，他明显也想找张桌子坐下来，他的眼睛，落在我和那个老女人身上，来回了几下。我当时想，他肯定会坐到我这里来的，因为我年轻漂亮啊。可谁知道，他去了旁边那一桌。我当然有些不快，但更不快的是，我发现他们两个人很快就聊起天来，而且聊得还蛮热火。女人挥手，为小伙子又叫了一杯咖啡来。我气恼地想换张桌子，尤其是在听到那个女人发出得意欢快的笑声时。好在，年轻人一口喝干咖啡，一会儿就走了。

那个女人，好像知道我在为什么而不平似的，她将咖啡端到了我的桌边，和我坐在了一起。她开门见山地对我说，你知道那个小伙子，是做什么的吗？

我摇头，再找那个小伙子的背影时，已经不见了踪影。

女人哈哈大笑起来。她说，他想做点副业。所以才找到了我。

我不解，当时只以为他是要推销东西。女人摇头，说，才不是呢。他想用这点时间，找点收入。可能平时在都市里，他除了一份不起眼儿的工作，也会做这一行——见我还是面露不解，女人戳了戳我的胸，说，性服务！

我吓了一跳，在候机厅这样的地方？

女人说，可不是。所以这才是为什么他会找我这个年纪的单身女人，而不是你这样的年轻女人。年纪大单身出外的女人，并不多见，很可能意

味着是失去婚姻的女人。饥不择食,只要他提出来,生意就会比较容易做成。反正要等6个小时,他一定在想,不如做她一单,能赚多少算多少吧。

那是我第一次见到真人真事,不由我吓了一大跳。我问那个女人,你是怎么对他说的呢。她说,我要去杭州看刚出生的外孙女,总不能如此不顾及身份吧?所以呢我就提议,我给他买杯咖啡,请他跟我聊聊天。如果说得好,我还可以给他一点钱。

我这才知道为什么年轻人坐这么一会儿就走了的原因,他并不愿意这个女人拿他消遣。我又到处转头找那个年轻人,突然看见他挨着一个打扮得花里胡哨的中年女人坐了下来。

从那儿以后,我就特别注意这样的男人。以后还真的又见过好几个,你知道吗,他们几乎都有一个共同的特点,那就是他们的头发,每天都像刚整理过一样。"

王皓雯这样一说,我不由再去看那个年轻人,还真是如此,尤其是他的头发,果真,一点瑕疵也找不出来。

我点点头,同样压抑住内心的激动,跟她咬耳朵,我说,我们拭目以待吧,看看他到底是在等女朋友,还是想去做那两个女人的生意。

她说好。

说完,我们就安静了下来,因为舞台上的演出也开始了。歌手是个留长发的男人,颇有艺术气质,鲜红色的大格子衬衣,下面是条紧紧的牛仔裤。王皓雯目不转睛地盯着他看,就像回到了十八九岁。

我真后悔带她来这里了。

到了11点半,演唱才结束。这期间我一直注意着那个小年轻,和不说话只抽烟的两个女人。他们却依然各坐各的。

我站起身,对王皓雯说,该送她回去了。她点点头,仿佛终于回过神来,长长地出了一口气,说:"哎呀,真是太如痴如醉了。"

我们直到离开酒吧,依然没有发现那几个人有什么异样。我嘲笑她判断有误,她毫不犹豫地说肯定没错。只是因为我要走,才会看不到。否则再等个几分钟,说不定就能看到结果了。

我懒得跟她辩解,我们要走出街口,才能到大路上去打车。等坐上车,

第十一章
春心荡漾

我的心又开始乱跳，脑子里重新出现她说的那句话，舍友去山东出差了。

怕老婆会不停地打电话过来，我进酒吧前，就关了手机。一路上我一直在琢磨这事，连话都不想跟王皓雯多说。她呢，可能还沉浸在音乐当中，也是一派懒散。突然，她用手用力捣我，让我看旁边车道。

我转过头，立刻看到一辆轿车，正大开着窗户，和我们并驾齐驱。坐在前座的，正是刚才我们在酒吧里看到的那个年轻人。旁边握着方向盘的女人，则是其中抽烟的一个女人。

"我没说错吧，我没说错吧。"王皓雯激动地捶我，就好像比当事人还要激动似的。这一幕让我吃惊，也很兴奋。我趁势搂住了她。

她并没有生气，反而转头对着我的嘴亲吻起来。

那不是匆匆的一吻，也不是热烈的一吻。她只是把嘴唇放在我的嘴唇上停留了好一会儿，让我充分感受到了它的形状和温度，我惊讶得有点说不出话来。随后，她从容地缩回了双唇，对着正在后视镜观看我们的出租司机，笑了起来。

她的笑容，既坦率又亲切，一点也没有自嘲或是戏谑的成分。

我听了满心高兴，我真正地觉得，她是喜欢我的。

可是到了她宿舍的门口，她却没有多说一句话，只是挥手跟我告别，并且关上了门。

第十二章
女人痴男人迷

第十二章
女人痴男人迷

奇怪的是,那晚我在回家的路上,却并没有任何不高兴的情绪。相反,我的心里充满了一股温柔的暖流。

膨胀了一天的情欲,就像产生了化学反应,被她安详的一吻,中和成了有益无害的情绪。那真是一种非常美好的感觉,既不让人烦躁,也不令人疑虑,它几乎让我放下了多年来所有负面的心理积压,突然整个人变得透明又轻松。

第二天晚上,在外面徘徊了两个多小时后,我终于鼓足勇气,敲响了她的门。

就像在门口等着我一样,我手指刚落下去,她就哗啦一下,拉开了门。随后,她两脚一跳,勾住了我的腰,扑在了我的怀里。

我内心的狂喜,难以用言语形容。或者是由于欲望过于强烈,我竟然感动地流下了眼泪。她的这个动作,唤醒的不仅仅是我一直压抑的情欲,还有好多年前,我们相恋时的种种复杂的感情。我做了一个曾经她最喜欢、也只是属于我们俩的动作,我伸出舌头,轻轻地亲吻她耳背后的凹处。

她惊喜地叫了起来。搬住我的头,望着她的眼睛。看见我湿润的眼睛,她也落下了眼泪。她一个劲地小声嘟囔:"好了,好了,我们终于又在一起了。"

我亲吻她的洁白浑圆的脖子,亲吻她的胸脯。她冲我说:"关灯。"

然后,她迅速地,脱下了外面的连衣裙,仅仅剩下了胸罩和内裤。她身体健壮,却不失苗条。坚挺丰满的双乳,就像一对石刻的花朵。

外面的路灯,透过薄薄的窗帘,映照进房间。我能看见她身体的轮廓,将她紧紧搂在了我的怀里。

欢爱过后,她俯向我,朝我弯下身来。两个沉甸甸的乳房,压在我的胸口。

这是一个天生为了欢爱绸缪而生的身躯,当她感受到那逼近的快乐时,她的身上,似乎都能发散出光芒来。

随后的一个星期,工作繁忙,我没有见到过王皓雯,可是在心里,我已经将她和我自己紧紧联系在了一起。她是我的情人,我得意地想,虽然

那么多男人都喜欢围在她的身边，可她真正喜欢的人，只是我。

这样的好感觉，谁又能想到呢，却会在突然之间，就烟消云散了。

那是个傍晚，我陪着前妻散步。

她已经显怀了，又是夏天，她便迫不及待地穿起了孕妇裙。

正走在路上，我却突然接到了王皓雯的一个短信，她说她就在我家附近，问我想不想溜出来见见她。

这之前她从没有用过如此亲昵的话，我顿时想到了那个亲吻。身上不由暖烘烘的，我借口要上厕所，找了个僻静地方给她回了条短信，我说我就正在附近散步呢，离喷泉不远，问她在哪里。

发完短信，我就抬起头四处看起来。突然发现，她竟就在离我20米都不到的地方。笑眯眯地，正冲我挥手。我赶紧跑过去，我有点紧张，也特别尴尬，我说："正陪老婆散步呢，或者我改天约你？"

听我讲老婆，她一点也不生气，大大咧咧地说："那你陪她散步完，再给我发短信吧。我先在附近转转。"

我说好。她走了，老婆走了过来。我心不在焉地陪着她又转了几圈后，就送她回家了。

可我再给王皓雯发短信时，她却不再回复我了。

我不知道出了什么问题，到了晚上10点多，实在忍不住，我拨通了她的电话，电话是通的，可是她却压掉了。

我百思不得其解，怎么想也想不出一个理由来。难道她觉得我怠慢她了？可是不会啊，她从头到尾态度愉悦，没有一丝一毫的不快。

半夜突然下起暴雨来，电闪雷鸣，一声接一声。我躺在床上，大睁双眼，满脑子都是王皓雯的影子，后来我终于给自己找到一个理由，她一定是不方便回我的短信，或是不方便接我的电话。

她正在忙。

可是,她又在忙什么？有什么事情能让她忙得连回我电话的时间都没有呢？

想到这里，我感到心脏突然剧烈地一疼。难道，她身边有别的男人？

不，这不可能。我肯定无法接受这样的事实。一想到这个猜测不仅可

第十二章
女人痴男人迷

能，而且可能性还很大时，我就更睡不着了。

我不能在家里给她打电话，居然疯了一样，冒着大雨，就跑到了街上。我用街头的电话，给她打电话，她已经关机了。

第二天，我都不知道自己是怎样醒来的。满嘴苦涩，满心绝望。我脑子里都是王皓雯正和别的男人搅和在一起的想法。一出家门，我就立刻拨通了王皓雯的电话。

这次她接了。我脱口而出，我说："你昨天晚上怎么不接我的电话。"

她回答得很干脆，说："我回去了。"

"我得罪你了吗？"我问她。

"没有，你挺好的。"

"那为什么？"

"就觉得没意思了。"

这是什么答案？没意思了？她置我于何地？从头到尾，根本就是一场游戏吗？

"你是跟别的男人在一起吧？"

我气愤极了，不客气的话立时而出。

她不语，我再次追问时，她就关了手机。

从那儿以后，她对我的态度，就发生了一百八十度的改变。不仅再也不叫我陪她去骑自行车了，即使在医院里遇到，她也完全像是遇到了陌生人一样，连迫不得已的点点头，都十分勉强。

我当然是完全摸不着头脑，尤其不明白她为什么要将我当做陌生人。我到底做了什么让她不高兴的事，还是有人在背后嘀咕什么了？

有句老话说"女人痴男人迷"，这可能就是两性在情感上的差异。

男人堕入情网时，缠绕在他心里的，往往不是爱，而是一种迷乱。是被对方的美丽、魅力、个性、灵气，甚至是邪恶、放荡所迷惑、所颠倒而无力自拔的感觉。男人极少因为哪个女人好而爱她，"好"在男人的心里，只是一种可有可无的品行，与魅力或是性爱都无关。

我是男人，我能逃得脱这个定律吗？

当我完全没有办法，让她对我说出真相时，我做了一件现在想起来还

懊悔不已的事情。

我竟写了封哭哭啼啼的信给她！

我说就算全是我做错了，希望她能原谅我。如果生活中没有她，我不知道还会有什么样的乐趣。我已经离不开她了。让她看在我们曾经的初恋的份儿上，就回到我的身边来吧。

我是央求她的，而且全然放弃了自尊。

她竟没有回信。

而且是什么也没有说！

我大感丢人，一定要她回答我，是否收到了信。发了无数短信，依然无语。我终于将电话打到了她的办公室。正好是她接的电话，我直截了当地问她，收到信了没有。当着人面，她不好立刻将电话挂掉，说，收到了。

"到底怎么了，"我追问，"能不能对我说点什么？"

"该说的我想我已经都说了。"她的态度，冷到不能再冷了。

"你是有别的男人了吗？"我实在无法甘心，我非要让这个问题，来狠狠戳我一下。

"别傻了，"她说，"本来就什么都没有。"

说着，她就把电话挂了。

她态度如此转变，让我既生气又恐怖，因为她做人做事一贯爽朗自在，很少会用这样的方式来对待人。她曾经不止一次地对我说过，她这人最大的优点，就是不拖泥带水，一是一二是二，最恨不清不楚含含糊糊。

我决定找个机会，堵住她，问个所以然出来。

她却像是要跟我玩定"躲猫猫"的游戏，坚决不给我任何单独见她的机会。即便全院大会，她也会一直跟自己科室的人待在一起。她的舍友，也再没有出差了。

我心里的那种焦急，简直无法形容。终于有一天，我不管不顾地直接找到了她的宿舍去。结果她不在，正在钱乙的宿舍里，和其他几个四大金刚，一边吃饭，一边聊天。我顾不上脸面，敲开门，叫她的名字。我说，王皓雯，出来一下，说个事儿。

她屁股都不抬，神情懒洋洋地，碗都不放下来。说："啥事啊，进来说不行啊。有菜有饭的,来一起吃点吧。"

其他几个男人,就招呼我,进来吧进来吧。难道还有秘密不成?

我脸臊得通红,这么丢人,已是好多年没有过的了。我继续坚持,非要让她出来。她站起身来,放下碗,对其他几个人说:"借他资料拖了几天没还,你们看这人小气的,还气鼓鼓地找上门来了。"

说着,她终于走了出来,却并不站住,而是直接又向自己的宿舍走去,就好像她还真的借了我的资料似的。

我决定跟着她,瞅着离刚才那扇门稍远了,我就低声喝她:"站住,你得给我说清楚了。"

她转过身,望着我。正好对着夕阳,她的眼睛就有些眯了起来。"你要我说啥呀,"她说,"当初许你一声不吭离开我,今天就不许我不理你啊?"

她这话一出,我顿时傻了眼。是啊,如果她要拿这个当理由,那我还有什么好说的呢?

当初我们谈恋爱时,是我甩的她。

而且手段颇不地道,和今天的情形的确很是相似。

见我戛然停住了脚步,她也就不走了。说:"你不说了,那我就回去吃饭了。饭后还要上课呢。"

医院每周有两三个晚上,请老师为这些进修医生上专业课。她一定说的是这个事。

我侧过了身,让她走了过去。她连头都没有回一下。这个女人,真够狠的。

从那儿以后,我就再也没有跟她有什么特别的联系了。

对她的感情,我的内心里发生了很大的变化,尤其是看到她和四大金刚打得火热,又总是听到她有各种各样社会上的朋友时,我渐渐开始反感她了。

到了秋天,天刚凉时,她穿了一件使人耀目的毛皮坎肩,非常地招摇。我们科室里有小护士们在说,那小小的坎肩就9000多元钱哪,是一个有

钱的男人送给王皓雯的。

"她的男朋友多嘛！"她们偷笑着议论。

我想，原来王皓雯并不如我想象中的那样可爱，她接近我，又突然离开我，只是为了报复我。这个女人，有着太多我无法理解和掌握的东西。

离开她，也许是最好的选择。

从那儿以后，一直到她离开医院去卫生厅，后来又听说调去市政府，中间出任过副区长，再次回到政府当发言人，我们都再也没有联系过。

即便碰到过的有限的三次，也和陌生人没有任何区别。

何况，随后的几年里，我的家庭也陷入了无尽的烦恼之中。

孩子生下后，前妻一直不快乐，总是找我的碴儿，不是我不关心她，就是疏忽她。我实在不知道该怎么办才好。直到离婚，我们都没有一点缓和。

这其中的矛盾，跟王皓雯有多大的关系，我说不上来。

好在，前妻离婚不久，就遇到了一个很不错的男人，他很宠她，使她彻底走出了阴郁，也给孩子带来了幸福。

她结婚前曾特意将我约出，给我晒她的幸福，同时批判我曾经的所有作为或不作为。我很高兴，看到她重新变了一个人，我真的替她高兴。

我们之间，性格不合，缺少缘分，这是一段弄错了的天意。现在，她找到了她的幸福，我真想去对那个男人说一声，谢谢你！

可是当我将自己的想法告诉前妻时，她只是说了两个字：神经！

第十三章
整黑材料

你一定和别人一起看过电影吧？或是读过同一本感人肺腑的小说。尤其是当你很希望那个人，像你一样，能深刻地理解到电影或是书本，对你产生着什么样的教育的时候。

安接生在继续调查，不屈不挠的刘正大，一次次找到我，总是那句话，让我说点新名堂。这让我很是气恼，我用影射法，希望他能明白我对他这样行径的不满。我说："安接生四处调查王皓雯的过去，很让人不耻啊。"

我指望刘正大能从这话里，体会到自己的不堪。可是，他没有，和很多看完电影或是书本的人一样，他并不会通过别人的故事，来认识自己。他不会受到任何震动，反而觉得心情十分坦然，因为电影或书本里的人，和他简直相差十万八千里。

他对我哈哈大笑，说："幸好我不在你们医院工作。"

我还能说什么吗？只能用一个字形容：汗！

再一次来，刘正大改变了策略，他不说要让我给他提供什么素材了，而是一脸得意地："我掌握了一些资料，很希望能跟你沟通沟通，也许有不少故事，你也是第一次听说呢。"

他这么说，可真是太有心机了。

他吃定了我这个俗人，不可避免地会有好奇心。我当然也想知道，他都搜集了王皓雯的什么资料，而且，我还有个很重要的问题想问他：王皓雯自己对这事的态度是怎么样的？

她难道没有想要反击吗，还有，她难道允许刘正大这么拿她当主角，写一本书吗？

所以，当刘正大说，希望我能跟他一起喝茶时，我竟比上一次还要痛快地答应了。

可我万万没有想到，刘正大竟将安接生也一起叫了来。

见到安接生，我立刻警觉起来。考虑到她目前是一个是非中心的人物，我本能地觉得应该退避三舍。我可不想、一点也不想将自己的名字，和王皓雯的事情联系在一起。

看在上帝的份儿上，我就快要结婚了是不是？

所以，坐下没两分钟，我就装作想起了一件急事，非得告辞不可。刘

第十三章
整黑材料

正大狡猾地一把按住我的肩膀，不许我走，还说："你敢前脚走，我后脚就把你的故事，写到网络上去。"

他这话可太有震慑力了，不由得我要恼羞成怒，我说："你这话真没名堂，我有什么好写的？你说！"

见我恼了，安接生赶紧好脾气地跳出来，安抚我说："正大也就是这么一说，小周你别着急。说起来，我们都是事件中人，和正大聊一聊有什么不好？一来讲清自己的问题，二来也支持他的工作嘛！"

这老太太，她怎么就这么唯恐天下不乱呢！

我怀疑她是想平息张齐的传闻，还是想让事情越闹越大？她居然还心甘情愿地，要来为刘正大提供消息了！

幸好刘正大一贯脑子进水，他果然直通通地，就将安接生的意图说了出来。"张主任和安医生很快就退休了，他们夫妻俩本来想去别人的诊所坐诊的。可是出了这么一档事后，反而有老板亲自找上门来，要为他俩投资，开自己的诊所。这年头，不管好坏，只要出了名，就有好事临门。你瞧瞧人家老头老太太都能想得通，你有什么不愿意的？我帮你出出名，又有什么不好，你也可以去私立医院嘛，狮子开口要个大价钱。想想吧，你可是王皓雯的初恋情人呢，万一我的这本书火了，你的生意经，不也就越做越顺了吗？"

他妈的，这样的名，出来做甚！

安接生见刘正大说穿了她的小九九，就有点不好意思了。安抚我道："周大夫以后只要你愿意，也可以来我和老张的诊所做事嘛！"

我闷闷不乐，心想，利益都是他们的，我什么也没有。

算了，反正我啥也不说，听他们讲就是。毕竟，正如刘正大所说，不管我怎么想远离这件事，事实上，这些日子，我已经搅和进来了。我回想起了那么多让我快乐、又让我痛心的故事，我的心里，也很久没有过地开始惦记着王皓雯了。

那么听他讲一讲，又有什么不好呢？

古人还说知己知彼，百战不殆呢。

于是，我就安心坐了下来。

女发言人

这一天，安接生抢着要请客，要了一壶好茶。同时，她还带来了一沓纸，打印好的文档。脖子上挂了一副老花眼镜，甚至，她还带了一支红笔。

开门见山地，安接生说："正大，既然我们是为了同一件事情，坐到一起来的，我就要首先提个要求，我们是有共同目标的，我们的利益就是一致的。你说我这话，你同意不同意？"

刘正大不假思索，点头说："同意。我保证不会在书里，写你安医生和张主任的任何不对。只要你能保证，对我提供的消息，都是真实的。"

"当然真实。"安接生说。一本假正经。

我笑道："这就开始做交易了啊。"

"所有的真相都是交易！"真让人吃惊，刘正大居然会说出这样有哲理的话来。

接着，我们就各就各位。刘正大抹了抹自己的光脑门，冲安接生说："安医生，我看你写那么多的东西，你就先来吧。"

我又打岔："安医生你把这资料给刘正大不就行了？"

这一回老太太据实相告，说自己文字功夫不大好，本身就写得乱，拿去打印，又乱上加乱。这些东西，最多只是一个提纲，她非得一点一滴讲给刘正大听才行。

刘正大白了我一眼，夸自己："专业嘛，没办法。"

安接生清了清嗓子，喝了一口茶水后，就算正式开始了。刘正大则拿出一个厚厚的笔记本来，靠在沙发背上，掏出钢笔，做记录状。

我脑子里突然冒出一个说法来：整黑材料。

像不像？

世上绝大多数人，都是希望看到别人的倒霉事的。我呢，应该也算其中一分子，否则我坐在这里干什么？

我已经好几天没有再上网去看"女官员现形记"的消息了。这阵安接生的开场白算是告诉了我新的资讯，她说她看到的最新一条消息是，官方还没有就王皓雯这事，做出任何的说明。

有记者去市政府采访王皓雯，但一直没有找到她本人。同事说她请假了，事情的真相，等过段时间，她自然会出面做说明的。

第十三章
整黑材料

　　同时还有人挖出了罗尚明的另一个情妇，某中学的女教师。罗尚明曾经送她去英国学习过一年多，还给她老公提了职，从一个普通科员，提到某县去做了副县长。

　　安接生一口气说了这么多事儿，真是让我开眼。

　　不仅如此，刘正大显然有更多更新鲜的第一手资料。

　　他刷地一下，就从笔记本里抽出了一张相片，送到我和安接生的手里。"瞧，这就是那个女教师。才29岁，还是个鲜嫩的小少妇哪。"

　　一张非常清晰的生活照，图片中的女人，身材高挑，略显丰满，长长的头发，披在背后，浓眉大眼厚唇，颇为性感。穿着夏天的裙装，正站在某中学的校门口。我不由要对刘正大另眼相看了，他还真是有一套狗仔的手段！

　　安接生戴上老花镜，也将照片拿到跟前看。像任何女人看女人一样，这把年龄的老太太，一样毫不留情。"皮肤太粗，气质太俗。这样的女人，怎么能当中学老师，那还不是误人子弟！"

　　说这话时，她可想不起自己上蹿下跳，一心想赚病人的钱是怎么回事。

　　刘正大说，这个女人的可报道性，虽然不如王皓雯那么大，但他也不会随便放掉这个题材。他已经用纪实的手法，写了一篇几千字的文章，题目类似《痛悔莫及，我曾是落马高官的情妇》，送给了国内发行量最大、稿酬最高的一家刊物。

　　我说他："你是什么人什么事都不浪费啊。"

　　"那是，"他说，"这叫职业精神。"

　　说着他将照片收了回去，重新夹进了笔记本。安接生鄙夷地啐了一口："这些个女人，怎么就不想想自己的前途呢！"

　　刘正大说："怎么不想？不考虑前途，她何苦去陪一个糟老头睡觉？她这样的女人，就是因为比其他女人会更多地考虑前途，才走上这么一条路的。只是运气不好，抱错了罗尚明那老贼的粗腿，否则早就飞黄腾达，高高在上了。"

　　安接生显然不能接受刘正大的想法，她决心跟他好好辩论辩论：

女发言人

"那照你这么说，卖身求荣，还是好事了？"

刘正大说："时势造英雄，这几十年，谁不是这样？"

有些人的思维是没有连贯性的，安接生接下来的这句话，就暴露了她的这个缺点。她说："难怪老张当院长那些年，女医生女护士跟他献媚的多了去了。这年头，女人根本不懂羞耻。"

既然她扯到了张齐身上，我也就没有客气，立刻说出了我刚听到的一则消息。有人说，王皓雯和张齐肯定有不那么正常的关系，因为曾经被看见过，一次在电梯上，张齐跟在王皓雯的后面出去，两人贴得近，他稍微用手扶了她一下，可是手放的位置很奇怪，是在王皓雯的屁股蛋上！

安接生将眼睛从老花镜的后面伸出来看着我："谁说的？这话你听谁说的？"

我嘟囔："忘记了，就这么听说过。"

"不可能。"她说，"老张的手绝对不会乱放。假如就算是真的，也只可能是两种情况：（一）他不小心放错了。（二）王皓雯勾引他。"

我耸耸肩。

刘正大却不想收兵，追着问："张院长说过王皓雯勾引他的事吗？安大夫你仔细想一想？"

安接生有点发愣，她一时判断不清，到底该让张齐撇清，还是让他当受害者更好一些。见老太太大动脑筋，我有些不忍心，也深觉刘正大太阴险，就主动替她解围，我说，你就照你的提纲来吧，先说你的资料，说完再说别的。

第十四章
更多的口水事儿

这才终于，话题转向了正轨。

"今天主要说的是王皓雯和前卫生厅某退休老领导的关系。也正是她在我们医院里进修、调进来、再借调到卫生厅去工作的那段时间里所发生的事情。

"因为有这么一个老领导，王皓雯才从一个平凡、普通、从基层来的小护士，做到了今天的官位。她的发迹，是绝对离不开这位老领导的栽培、扶持、甚至手把手地教育的！"

说到"手把手"三个字，安接生意味深长地、再次将眼睛透过老花眼镜，看了看我和刘正大。接着说：

"这位老领导，因为在卫生厅工作多年，一直负责抓我们医院的工作，所以他看病或是休养，也都喜欢到我们医院里来。毕竟熟人多嘛。年过55岁之后，他有了一些这样或那样的病，于是每个月都会来医院里疗养几天，打点营养针、按摩按摩、做做全面体检，或是吃点补药全面调理调理。他每次来，都住在医院最后面的那幢小楼里，那里有几间高干病房，小楼外面有荷花池，还养着观赏鱼，一般人当然住不进去。尤其是护士，基本都是固定的，个个都长得很漂亮，领导嘛，要随时保证他们能够赏心悦目。

除了几个高级别的专科医生，其他医生，也是不大可能进到那里，和领导接触上的。

"但突然有一天，老领导躺在病床上，竟问起来专门来看他的院长说：'你们医院有个叫王皓雯的女医生是不是？我认识她，人蛮有趣，要是方便的话，是否可以让她经常来看看我？'

"院长一听，顿时吓得屁滚尿流。一个小小的进修医生，居然被老领导钦点要召见，这还得了？

"院长从老领导那里走出来，就有些气不平，这些个芝麻群众，竟然如此胆大妄为，跳过他这条线，直接和领导攀上线。看样子关系还不远，居然说她很有趣？

"得赶紧调查一下，这女人是什么来头，又是怎么勾搭上老领导的？

"院长第一个通知的人，就是张齐。因为我是张齐的老婆啊，而王皓雯来医院的第一站，正是在我的科室里。

第十四章
更多的口水事儿

"于是，这项工作，就落在了我的身上。

"这件事让我颇费了一番工夫，我通过旁敲侧击，加上私下调查，才渐渐弄明白事情是怎么回事。

"王皓雯不是一直朋友很多吗？各行各业，干什么的都有。不知道怎么的，她居然通过某人，认识了那个老领导的弟弟、某药材公司的一个小科长。

"正好老领导的弟弟买了新房，要搞装修。王皓雯就主动说，她老公是做建材生意的，他新房的装修，她可以一手包了。

"这是贿赂，赤裸裸的贿赂。你们说是不是？

"老领导的弟弟当然欣然同意，有人主动买单，何乐而不为？

"于是王皓雯请了工程队，她老公亲自出面做监工。据说那房子装修得非常高档，收费却只是象征性的一两万元钱。

"事情还没有完。正巧老领导的儿子要结婚，也买了新房，弟弟立刻做中间人——弟弟当然也知道王皓雯的目的是什么呀。这样一来，王皓雯就又成了老领导儿子新房的装修金主。

"从这以后，老领导就认识了王皓雯。王皓雯做事卖力，谈吐风趣，而且作风泼辣，每次见到老领导，她都会无限亲热地依偎上去，两手紧紧抱住老领导的胳膊，正好放在她丰满的胸部。"

说到这里，安接生又抬眼，看了我和刘正大一眼。

我对此又能说什么呢？只好对她皮笑肉不笑。

但刘正大是不放过的，他立刻站起来，伸出自己的两条胳膊，对着空气，做出搂抱的样子来。他一本正经地问安接生："是这样抱的吗？"

"可不是。"安接生说。但看到刘正大做得那么生硬，就说，"应该还有点搀扶的意思吧，毕竟人家怎么都是老领导嘛。"

刘正大点点头，坐下，又在本子上写着什么。

他们这么认真地比画，显然不像我是听笑话或是听闲话的心情，他们是当了很严肃的事来做的。

在刘正大，是为了让他的作品细节更生动、更鲜活，才能卖个好价钱；在安接生，是为了将王皓雯彻底掀翻，帮助张齐摆脱困境，同时达

到其私人诊所名声大振、病人源源不断的目的。

总之,也不知道是不是因为老领导的胳膊在王皓雯温暖的怀里停留多了,他真的注意上了王皓雯。

院长见老领导喜欢王皓雯,自己就知趣地退出了。以前只要老领导来住院,他每天一大早一定要去老领导的病房报道,嘘寒问暖,中间想起什么好药或是好方子,还要亲自跑到病房里去献献殷勤。晚上呢,晚上更不能随便放弃,无论下班多晚,或是回到家里有多累,都还是要再去道个晚安。现在,老领导主动提出要和王皓雯亲密接触,他即便恨得牙根痒痒,也不能坏了老领导的好事,是不是?

于是他通知王皓雯,老领导住院这几天,王皓雯每天直接去高干病房上班就可以了。他从每天的早请示晚汇报,也改成了早上去看看,晚上则只用电话了。

王皓雯没家没口,老领导单人单间,有了这样一个机会,他们还能不如鱼得水?要知道,他老领导再老再是领导,他也是男人呀。

讲到这里,安接生再一次停顿了一下,意思是让我们深刻领会。

刘正大手不停地写着,顺便点了点头。

我问安接生:"你说的这个老领导,就是黄某某对不对?"

她望我一眼,并不回答。仿佛说,知道了还问。

我说:"他每月都会来我们医院住几天?这事我怎么这么多年,一点也不知道呢?"

"这样的事,你怎么配知道?"她不客气地说,"我们老张当副院长之前,也从不知道。上面来个头头,就是当官的资源,谁肯轻易让别人知道呀。所以,这也才是为什么王皓雯会付出那么大的代价,不就是为了能走到那个死老头子的身边去吗?"

"可是我听说的,都是讲黄某某得了糖尿病,住到内分泌科时,才遇到王皓雯的。而且糖尿病不是会引起阳痿吗?"

对我的质疑,安接生生气了。

"周大夫,难道你不相信我所说的事情吗?难道我是无中生有在撒谎吗?我为什么要这么做,冒着这么大的风险呢?要知道,黄某某虽然退

第十四章
更多的口水事儿

了，可他毕竟在卫生系统工作多年，他的势力，绝不是一朝一夕就消失的。至于王皓雯，她已做到那个官位，也不可能因为一点丑闻，就流落民间吧。我除了挽回老张的名声，更是在和不良势力作斗争！你为什么就不能正义一点，善良一点，看问题深刻一点呢，非要质疑我所说的一切，难道你心中连点起码的良知都没有了吗？你要再这样，我就什么也不说了！"

说着，将手里的纸呼噜一扔，散了一桌，赌气地将背靠到椅背上。

老太太曾长年做过训话工作，不缺说大话的能力。她此言一出，我顿时觉得自己无比渺小。就是，我为什么要有这么多的问题呢？

一听老太太威胁不再讲了，刘正大也对我目露凶光。

"周大夫你就听安医生讲好了。再说阳痿不阳痿的，能说明什么问题吗？"

话虽这么说，他还是很认真地在本子上写下了"糖尿病会引发阳痿"，然后在这句话下面，打了一横，又画了一个感叹号。

见这俩人都火了，我只好赶紧认错。我说我就是有些不明白，绝对没有反对安医生的意思。因为当初网上那个爆料的小白菜不是也说，王皓雯是傍上了一个来内分泌住院的老领导，才最后调去卫生厅的吗？

"黄某某到内分泌住院，已经是王皓雯留在医院的事情了。你怎么就这么糊涂呢，她为什么能够从县医院调进我们医院，又为什么随后能去北京参加3个月的培训班，就取得了本科文凭，重要的后台，不就是这个黄某某吗？"

我点点头。说懂了懂了。

安接生接着讲。

总之，从那以后，王皓雯就和黄某某挂上钩了。据说老领导子住院期间，她还亲自熬稀饭烙葱油饼给他吃呢。即使老领导出了院，她也隔三差五地去看他。她老家那个地方，河里有一种小鱼挺出名，她专门叫人送上来，亲自送到老领导家里去。

"去老领导家里？那他的老婆也在吧，王皓雯和他老婆有什么过节没有？"

这次捣蛋的不是我，而是刘正大。安接生搜集的情报一定没有那么详

细,但既然刘正大都问了,她就一定要回答点什么出来不可的。

她说:"像王皓雯这种女人,都不可能仅仅只跟男主人保持良好关系的。她的巴结行为,必须是全方位的。你想想,她不仅帮老领导的弟弟装修房子,还帮老领导的儿子装修房子。装修房子的同时,孩子的母亲怎么可能不会跟她接触?她们一定早就有了联系,而且王皓雯对老领导的妻子,也一定会奉承有加。时不时送点东西去他家里,再一个可能,也是为了迷惑老领导的妻子,让她对她产生一种似家人、似女儿的亲切感,从而忽视这个女人对其丈夫可能实施的肉体勾引。"

说到这里,安接生又犯了不讲逻辑的老毛病,她再一次引火烧身。

"我现在想起来,王皓雯刚到医院时,就经常去我家里做客,她原来根本就是有企图的嘛。老张也常在家里,她总是表现得那么活泼好动,又勤快又懂事。你们说,她这算不算预谋已久?"

既然她先这样说了,我质疑一下,总该可以吧。

我问:"她真的勾引过张主任吗?"

"肯定勾引过!"安接生说。她脸上出现了回忆往事的神情。接着她就讲起了这样一件事情:

一次是王皓雯来她家里看电视,那晚有个节目,只要是江中人,都非看不可的。《同一首歌》在江中的演出,医院当时很多人都搞到了票,都去了。当然也包括王皓雯和安接生。王皓雯平时不是没有地方看电视,毕竟单身宿舍那里,还住了不少结婚成家的医生,但因为那天大家都比较兴奋,下班前纷纷互相叮咛,要注意晚上收看电视,所以这天晚上,就变得有点像过节的感觉。

安接生是个热心肠的老妈妈,这样特殊的夜晚,决定请王皓雯去她家里看。

虽然她是这样的热情,但她心里也有自己的小九九。因为张齐晚上很少回家吃饭,尤其是周末的晚上,几乎是从不回家的。这样一来,至少她可以边看电视,边和王皓雯一起评论或聊天。二来,她当晚有大夜班要值,等看完电视,去医院的路上,正好可以让王皓雯和自己做个伴!

于是,王皓雯吃完晚饭,就兴致勃勃地来到了安接生的家里。等到了

第十四章
更多的口水事儿

时间,她们就一起打开了电视机。但安接生没有想到,这天晚上,张齐竟然回来了。他可能也是想看这场演出吧。可是见到王皓雯坐在客厅的沙发上,就有些不好意思了。

王皓雯赶紧自己坐到了一张单独的沙发上,同时主动邀请张齐坐到电视机前面来。但是张齐推辞了,也许比起看娱乐节目,他更想在医院员工的面前,拿出副院长的派头来。

他进了书房,说自己还有资料要看。

剩下的时间,安接生就和王皓雯一起看着电视。《同一首歌》结束了,安接生见时间还有点早,就提议两人再看点什么别的,结果就找到了一出韩剧。王皓雯欢快地说:"呀,这是我最爱看的了。"

这一看就看到了安接生该去值班的时间,可韩剧却没有结束。安接生说了好几遍,自己该去医院了,王皓雯的眼睛,就是不离开电视,身体也没有动一动的打算。

安接生心想,算了,不如就自己去吧。让她把这一集看完了,自己回宿舍就行了。

于是她一边收拾东西,穿鞋穿外套,一边对王皓雯交代,让她看完电视自己走,不用管张齐,也不用跟他告别。

王皓雯点头答应。

然后,安接生就走出了家门。

但是走了一会儿,她就觉得心里不那么舒服了。她想自己是不是做错了什么事情?让丈夫和一个比她年轻比她貌美的女人一起留在家里?

她脑海里不由浮现出了一个词儿:引狼入室。

她立刻折返回了家,开门时,还特别警觉地不让钥匙发出哗啦啦的声音来。

进门就见王皓雯依然坐在沙发上,眼睛依然直溜溜地瞪着大电视。没发现什么异常,她借口说有东西没有带,又去书房去看了一眼张齐。

霍然发现,张齐的桌上,多了一样东西。

竟是一杯热腾腾、香喷喷、甜丝丝的红枣茶!

她家里根本没有这样的东西。

还有,平时老张看书,或是干别的,她从没有为他斟上清茶一杯的资产阶级恶习。这杯东西,哪里来的?

她压低了声音,恶狠狠地问张齐。

张齐轻描淡写地说:"自己冲的呀,有人送了我一盒红枣茶。"

说着,还指给她看桌上扔的盒子,里面果真有不少一包一包的红枣茶。

事情如果这样就算完了,也没有什么。可是偏偏第二天,安接生在其他科室的另一个老大夫那里也看到一模一样的盒子,她一问,对方告诉她说,是王皓雯送的!

安接生心里自然不大舒服,她心想,这个王皓雯,果真是太滑头了。她不直接送给她安接生,而是送给张齐,明摆着是对更大权势的巴结或勾引嘛。

但她再没有多想。

直到今天,我们坐在一起,谈起王皓雯的勾引术时,她才再一次地联想到这个故事,而且,她的联想,不是没有道理的,因为紧接着,她发出了这样的问题:

"你们说,为什么张齐那天,不直接告诉我红枣茶就是王皓雯送的呢?"

是啊,这难道不真的有点可疑吗?我和刘正大也面面相觑,心里藏着一百个疑问。

"还有,"安接生又问了一个新问题,"那杯茶,到底是王皓雯给张齐泡的,还是张齐自己泡的?"

她问出了这么两个问题后,脸上露出了发现埋藏多年秘密的人共同的表情,茫然、不敢相信、慌乱、紧张,还有悲伤。她似乎突然意识到了什么,她一直努力证明的一些事情,也许根本就是事实,并不用真的去证明。

她愣愣地望着我和刘正大,我简直不忍心看她那种表情。只好赶紧给她的杯子里,添了一点热水。然后,我想了想说:"一切都只是猜疑,而且你又没有抓住什么。王皓雯最后怎样了,是接着看完了电视,还是跟你走了?"

第十四章
更多的口水事儿

她落寞地说:"我没有再让她继续待在家里,硬是将她拖走了。"

"这不就得了,"刘正大爽快地一拍大腿,总结道,"你防患于未然,即便有这个苗头,也已经扑灭了。"

安接生也只好接受这个事实,她咬咬牙,神志终于恢复,再一次想起今天主要的任务是什么了。

不仅有了国恨,还有了家仇,对王皓雯的痛恨,就更上一层,她对刘正大说:"你听了这么多故事,对这个女人,应该有一个大致的印象了吧。总之,她在我们医院的时候,是完全可以称得上是狐狸精的,只要是能用得上、有权有势的男人,她都会去勾引,而且,绝不手软。她是有野心的女人,野心勃勃,不能等闲视之。"

刘正大点点头,显然,他很喜欢听安接生说的这话,尤其是那句"只要是能用得上的、有权有势的男人",他不仅重复了一遍这句话,而且又加上了另一个词"有才"。他补充说,"我和周大夫,应该都属于这样的男人。"

我突然被拉入话题,而且是这样恶心人的一个词儿,赶紧摇手辟谣。

我连连说:"我没有才没有才,也不值得王皓雯勾引。我还想勾引她呢,只可惜,她看不上我。"

"什么叫看不上你?"刘正大眯起了眼睛,做出一副"你骗不过我"的样子来,"她看不上你,还会花那么多时间去跟你骑自行车?你们都去了什么地方,都干了些什么事,难道你就不想对我们说说吗?"

世上没有不透风的墙,要想人不知,除非己莫为。这些话,总该相信了吧?

"我们只是看风景。"我没有丝毫客气,"你也不想想,如果她真想勾引我,何苦还要先骑自行车,热出一头大汗呢?像张主任那样,一杯茶的工夫,就够了。"

当然,这话也是对安接生说的。谁让她将我和王皓雯骑车的事,抖搂出来的?

"她难道就没有在自行车上,做点什么怪动作,勾引你?"

这小子,真他妈的搞笑。我实在不想再听这两个人啰唆了,我站起

身来。

刘正大一把拉住了我。

"别动不动就生气嘛,我那是开玩笑。但是,说老实话,我对这个女人,其实也是蛮了解的。你没忘吧,我曾跟你说过,我也去单独见过她好几次,当时我呢,就是想谈她那本先进事迹的书,我是抱着对她满心尊重的心情去的,她位高貌美,在我心中,无疑是可望而不可即。可是谁能想得到,居然有一次,她也勾引了我。"

此话一出,安接生的眼睛都亮了。我这才明白,刘正大刚才所说的王皓雯也会勾引"有才的男人",指的是他自己。

我眨巴眨巴眼睛,再一次无话可说。人性的确是非常奇怪的东西,尤其在诋毁他人这件事情上,很多人即便出自己的丑,也要在所不辞。

第十五章
神秘大法

女发言人

刘正大说，王皓雯勾引他时，用的是乳沟大法。

话说那一天，他去王皓雯的办公室。她请他坐在她大大的办公桌的对面，她则正襟危坐地看他拿给她的一些东西。那是一些他初步整理出来、最先写的几章王皓雯的"先进事迹"。大概有1万来字吧，他的意思是，先写一点，看看王皓雯是否认同这样的文字风格，如果可以，他才能继续写下去。

王皓雯看着他打印好的那些文字，他就正好可以偷眼观察王皓雯。他发现王皓雯皮肤很细腻，脸色也相当红润，她一本正经的小样儿，也能谈得上可爱。她低垂着眼皮，看得很是仔细，偶然还拿起笔，在一些地方做点修改。突然，她问他，是否要喝水。刘正大赶紧摇了摇头。但王皓雯看了一会儿文字后，又站了起来，似乎本来是想绕过桌子，走到他坐的这一边来的，可是她又站住了，直接从桌子对面，把那几页纸递到了他的眼前，然后弯下腰来，伸出修剪得颇为精致、指甲盖上还有小月牙的手指来，点着几行字，问他是不是应该换一种说法。

因为桌子面比较宽，所以王皓雯俯身的幅度就比较大。

刘正大最开始只感觉有香水味扑面而来，那一定是比较高档的香水，因为厚重又不扑鼻。随后，他注意到了她的手指，纤细、修长、又显得圆润，真是非常漂亮。就在他有点心猿意马、想稍微后退的时候，他却突然看见了乳沟。

是真正的乳沟！

现实生活中的乳沟！

一位年轻女领导的乳沟！

在薄薄的淡黄色花边内衣的上面，驼色西装领的中间。肉乎乎的，有着明显的深度和厚度。

不是乳沟，还能是别的什么吗？

他脑子顿时嗡的一声，就彻底乱了。不，绝不是他没有见过乳沟，什么样的乳沟他没有见过呢？即便生活中不多见，看看电影，看看电视，满大街走一走，不就全都有了吗？可是，这并不是一般的乳沟呀，而且，贴得是如此之近，上面茸茸的汗毛都看见了。

第十五章
神秘大法

　　他捏紧了拳头，真怕一不留神，手就摸了上去。在心里，他隐隐约约评判着这条乳沟的深浅，勾量着乳沟之后的罩杯。

　　是的，我刘正大绝不是没有见过世面的人，更不是只和老婆一个女人睡过觉的人——对不起，安医生，并不是要冒犯你们女人，但你也应该理解，我们男人就是这样，在这上面，是不能示弱的。敢示弱，或者见人就说自己怕老婆的男人，一般都是曾经沧海难洗脚的男人了——他们常在河边走，不仅鞋子已彻底打湿，而且脚都要泡烂掉。他们经历了太多太多，所以才不在乎当着别人面说自己不行了——总之，安大夫，周大夫，我刘正大是知道女人罩杯的分法的，我当时就做出了一个大致的判断，她不是C，至少也是D，而且形状非常好看。

　　你说她王皓雯，有这么一个超级大胸，还穿着这样一件轻、薄、透的内衣，而且还是低胸的，专门抽出这样一个没有人在她办公室的下午，单独接见我。接见我不说，又在可以将我叫到她的身边，或是走到我的身边，或者只是拿笔画出有问题的句子来，并且推到我跟前让我看一看就可以的情况下，却站起身来，用如此大的幅度，向我弯下腰，说她没有任何意图，谁会相信呢？

　　首先我当然不会相信。

　　但不相信归不相信，接下来该怎样做，却是需要我拿出百分百的智慧来的。我顿时在脑子里盘算起来。是立刻站起身，一把将她抱在怀里，还是先握住她的乳房，再见机走下一步？或者应该更小心一点，一个箭步，到门口将门反锁起来。毕竟这是在政府机关的办公室里，走廊上时不时地还有脚步声呢。万一有人推门进来，看见了该多么不好。我自己丢人事小，她王皓雯可是领导啊。我不能玷污了领导的名声，最可怕的是，万一她为了保全自己，反诬告是我骚扰她，那我今后是活还是不活了呢？

　　不，我不能这么快就行动。我还得继续再观察一下。于是，就在她弯着腰的时候，我将脑袋向前凑了一凑，我的意思很明确，我是看到了她给我的这个暗示，而且也很愿意接受这个暗示。我已经有所行动了，几乎要连乳房的香味都嗅到了。还有，我脑子里同时冒出了一条俗话："三十如狼，四十如虎。"王皓雯的老公，可是长年不在她的身边的呀。

女发言人

就在我想东想西的时候,就听见她说:"OK?明白了吗?"

接着,那条乳沟,就在我的眼前消失了。

她站起了身,脸上微露愠色。

我当然知道她为什么生气,我错过了爱抚她的时机,我想得太多了,以至失去了行动能力。我白白让她展示了她的魅力。

听说风情万种的女人,最鄙视最厌烦的,就是想吃又不敢动手的男人了。她们管这样的男人叫懦夫。

我一方面没有听清她刚才对我讲的是什么,哎,岂止是没有听清,其实根本就没有听见。再一个,我当然不想被她认作懦夫。

何况以后还要继续合作,我决定找个机会,弥补一下。

于是,第二天,我给她打了一个电话,我态度诚恳,但又让她感觉到我对她怀有男人对女人喜欢的态度在里面。我一口一个王主任(她同时兼着市长办公室主任的头衔),我说你这么支持我的工作,也给我这么大的帮助,我很想找个机会感谢你一下,能不能一起出来吃个饭,聊聊天。一来成全我对你的敬仰和爱慕(说到这里,我笑了一下,表示有玩笑的成分),二来也希望能再次听到你的教诲(我又笑了一下),比较详细的教诲。还有,我们拉拉家常,也对我写这本书会有好处。

她听到我这么说,很是安静地停顿了片刻。然后,她干脆利落地说道:"不行,我最近一直比较忙,可能会没有时间安排这样的活动。我们还是按以前的模式来好不好,有问题你可以来我办公室找我。"

她一定是生我的气了,我怎么会不知道呢。凭借一个男人本能的感觉,我就知道,我是辜负了她的勾引。她是想用冷落我的办法,报复一下我。我老刘不是一个轻易放弃的人,于是过了两天,我给她发了一个问候的段子,在结尾,我加上了这样一句话:越来越觉得你是个可爱的小女人。祝天天愉快。

我相信,再剽悍、再不解风情的女人,也会为"小女人"这三个字而陶醉的。果真,她竟回了我短信,没有什么话,只是一连串的哈哈哈哈。

这让我特别高兴。我暗下决心,一定要保持耐心,一点一点靠近她,然后将她一举拿下。

第十五章
神秘大法

谁知道，就在我酝酿和准备的过程中，她就出了这样的事情。

我呢，我也当然就不好再对她想入非非了。

刘正大讲的这个乳沟的故事，的确很是精彩。他绘声绘色，挤眉弄眼。那认真的讲述模样，让我想起一个喜剧演员：小沈阳。

我逗他说："也许王皓雯是想测试一下，看你是不是流氓，而不是为了勾引你，这也有可能啊。"

刘正大是不大容易听出话外音的，他立刻皱起了眉头，认真地想了一想："是啊，会不会她就是想测试一下我的品行呢？"

又摇头："不对，她测试我干吗呀。我又不是公务员，我又不要她提拔。"

安接生听得也比较兴奋，同时认真地帮刘正大推测："那你说，如果你接着这么撩拨她，而她又没有出这档事，你还是很有可能成功的是吧？"

那当然，刘正大笃定地说。

安接生就说："水性杨花啊水性杨花。这个王皓雯，仗着胸大，可是做过不止一件两件的龌龊事了。"

刘正大说："一个人要是用惯了某种手法，肯定会是有延续性的。比方我相信，在王皓雯去见那个姓黄的老领导时，肯定就会穿低胸的衣服。"

安接生手一拍桌子，恨不得跟刘正大击掌相贺。"太对了，我要说的，就是这事儿。"

她说，老领导来医院住高干病房时，院长不是给了王皓雯特赦令，可以让她每天去那里报到，当然主要工作就是陪黄老吗？那几天里，她是不穿白大褂的，就穿日常的衣服去病房。她的衣服，不是勒胸，就是收腹。而且，那些天，她的衣服从不重样！

说到了衣服，安接生又扭头问我："医院每年都举行职工排球赛，你是参加过的吧？"

我点点头。

"那年王皓雯也参加了。"安接生说："只要参赛的人，比赛的衣服，

女发言人

就都是统一发的。我们医院里女同志多,爱美之心人皆有之,每次买合适的运动装,也是一件颇令人头疼的事情。我同时身兼院工会的主席,所以,每次这样的活动,我都要亲力亲为。考虑到参加比赛的女同志,各个年龄段的人都有,所以我的一贯主张是,舒服、自然、简约,方便活动就行了。除了运动短裤,上身一般都是件颜色鲜艳的T恤衫。

"比赛一般都放在晚上,在家属院的灯光球场上。因为时间紧,所以平时在一起排练的机会并不多,大部分时候只是找一两个下午,换了球鞋,到运动场上去磨合一下,所以谁也没有在比赛前,将运动服穿出来。到了正式比赛那一天,因为女子赛是第一场,所以院领导还来剪了彩,来的人也特别地多,运动员入场时,还举行了一个小小的仪式。结果,谁也没有想到的是,王皓雯把统一的运动服,做了修改,她不仅收窄了腰身,还把领子改成了V字形。她那顾盼生辉的样子,哪里像是来打排球的呀,分明是要来选美的嘛。当时场外就有人打起了呼哨。"

安接生说的这事,我印象可太深刻了。而且,她一定想不到,这改衣服的主意,还是我给王皓雯出的。

比赛举办的时间,正是在我和王皓雯打得火热的那段时候,也就前后一两周吧。而且衣服也根本不像安接生所说,是颜色鲜艳的T恤衫,而是鼠灰色,松垮稀松,连点图案都没有,配上深蓝色的短裤,简直就像穿了大汗衫和裤衩的家庭妇女。

王皓雯当然很不喜欢,她是个爱穿,也讲究穿的人,她拎着衣服给我抖搂的样子,就仿佛拿着垃圾堆里捡来的破烂,就差掩鼻子了。

我说:"这么难看的衣服,不是要让所有女人,都变成安接生那样的老太太吗。这可多侉呀。"

王皓雯听我这样说,就更不要穿了,跟我撒娇:"那怎么办呀。我腿又粗,这下完蛋了,全露馅了,早知道衣服会这么难看,就不参加比赛了。"

很多时候,她是很可爱的。她说着就把两只手圈起来,在大腿上比画着围了一圈,"包不住!"她说着,又伸手到我的大腿上比画。

我就趁机搂住了她的腰,我说:"我可不想看见你穿得像个卖菜的老太太一样,要么咱不参加比赛了,要么咱就去把衣服改掉。"

第十五章
神秘大法

那段时间，我对她的迷恋，让我忘乎所以，不知深浅。这一天的见面，是我硬找了一个午休的时间，将她约到了医院后墙外背街陋巷里，附近全都是些待拆迁的老房子。她刚领到了衣服，来不及放下，就拿给我来看。

我说，衣服是干什么的，不就是突出优势，忽略劣势嘛。既然我们腿粗，我们就放弃下半身，展示上半身。

她笑嘻嘻地捶了我一拳，说："你才需要放弃下半身呢。"

随后我们一起散了一会儿步，说了一会儿话。那年头的钟点房，还没有现在这么满街满巷到处都是，欲望之火，似乎也没办法熊熊燃烧。我们只能互相调笑，说点闲话。

改衣服，就是闲话之一。

没想到她后来真去改了，等穿出来时，效果又确实非常之好。一大群平胸塌背的女人中间，就她光彩夺目，神采奕奕，最像运动员。

虽然安接生拿王皓雯的胸脯说事，可我并不认为王皓雯这样做有什么不对。而且我最厌烦安接生这样的女人，自己不拿自己当女人也就算了，还不许别的女人花哨。

我说："后来不是好几个女的，都跟着王皓雯去改衣服了吗？"

她翻了我一眼，终于火又腾地窜上来了："你干吗这么维护王皓雯啊，她是你什么人啊，又给你什么好处了？真看不出来，你还是个念旧情的人。怎么着，今天看我和刘正大在一起叨叨，不舒服、不顺眼、不愿意了，要打抱不平是不是？"

我说我就说一点事实，这么点事，何至于上升到勾引的高度上去？那么大个球场，她不就衣服穿紧凑了点吗？

而且，就算真想勾引人，谁也不会傻到穿身运动装去勾引啊。漂亮衣服多了去了，机会也多了去了，她何苦要在那样的场合展示呢。

安接生说："哈，你以为她是全无头脑？打着排球，蹦蹦跳跳地，正好让男人吃冰激凌！"

"那你干吗每年还要组织排球赛？把你的姐妹们都送去让男人吃冰激凌？你看你说的这话，是不是不合适？难怪鲁迅先生会说某些人，听见肥皂咯吱咯吱响，就以为看见了裸体。庸俗！"

女发言人

你要知道,有时候医院这样的单位,是有好处的。那就是见惯了生死大事,平常琐事,就都不那么重要了。人和人之间的言谈,很容易变得不三不四没老没少起来。时间一长,大家说话就比较直率,呛声也就在所难免。

安接生对我说她庸俗,自然是不以为然的。

她反说我:"你不庸俗?你不庸俗坐在这里听半天不走?"

我说:"反正你讲的例子,并没有什么说服力。说来说去,王皓雯不就是丰满一些吗,穿衣服穿漂亮点也能构成罪名。我不赞同。"

"那好,如果这都不算的话,那被人抓住现行,手放在她的毛衣里掏不出来怎么说?"

咦?什么什么?什么手放在毛衣里掏不出来?

我和刘正大,顿时眼睛就都瞪成了灯泡。

安接生从头到尾,说了这么多事,可还没有哪一句,如此言简意赅,却如此形象生动、扣人心弦呢。

快说快说,谁的手,谁的毛衣,谁在掏,被谁看见了?

新闻五要素知道不知道?何时何地何人何因何果?准确吗?

安接生对我们的猴急样,很是不屑。

"还说我庸俗,现在看出来谁庸俗了吧?"

"我们是男人,天生就庸俗。"刘正大说。

我不知道,跟一个老太太说"我们男人"这样的话,是否有点不合适。我就拿下巴点了刘正大一下:"你好好听安医生说,别贫嘴了。"

第十六章
掏不出手

安接生就说:"那是五六年前,我听其他医院的人说的。说的就是这个王皓雯,当时她刚去卫生厅,在厅长办公楼那一层做一些打杂的事儿。其实主要就是替老领导跑腿,他不是觉得她好使唤吗,比较能揣摩出他的心思吧。可是据说,当她正式调进卫生厅后,她就换了条粗腿去抱了。她傍上了另一位年富力强的年轻领导……"

"美女爱英雄嘛。"刘正大旁白。

"她虽然常去老厅长的办公室里走动,可一有机会,她也会溜到那个年轻领导的房子里去。这让老领导看在眼里,气在心里。他也不知道怎么了,有一天突然就动了要捉现行犯的念头。于是他叫了另一个秘书,让他去那个年轻领导的房间里,取个东西。也不知道他怎么跟人家交代的,反正就是,秘书走在前面,他跟在后面。秘书走到了门口,举起手来做敲门状,他立刻摇头制止,上前一步,大力推开了门。于是,秘书和他老人家就同时看见了不堪入目的那一幕,年轻领导的手,从王皓雯的毛衣领子里钻进去,可毛衣不仅是套头的,而且天气正大冷,那领子还是高领的。领导慌乱之中,方向搞错了,手就突然拔不出来了,死气白赖拽的时候,竟将王皓雯活活摔了一大跟头。

老领导又气又妒,鼻子里大声发出了一声哼,就要转身离去。这时年轻领导的手终于从王皓雯的脖子里拔出来了,王皓雯忙不迭地追出去,哄老领导。她跟老领导说,是老领导误会了,她脖子里钻进了一个小虫,突然痒得不得了,正好又在那个人的办公室里,所以才那样……老领导背着手,站在走廊上,声若洪钟地说了三个字:不检点!

这样的事情,当然很快就在卫生系统的上上下下传开了,"掏不出手",一时成了个大笑话、大典故。后来据说王皓雯离开卫生厅,正和此事有关。她在老领导那里失宠了,但不知道用什么办法,又去了市政府,这以后,估计又不知用了多少次乳沟大法,终于走到了今天这一步。"

安接生的故事,讲到后面,我越听越奇怪,怎么这么似曾相识呢?

就是那一段,秘书在前,领导在后,推门进去,高领毛衣之类的。我突然记起来了,这事我也曾听过,但女主角,显然并不是王皓雯,而是发生在市第二人民医院的一件事。当时有人传过来时,讲得也是特别形象,

第十六章
掏不出手

尤其是那个女的，最后摔在地上一节。

其中也有说抓虫子的细节。

至于男当事人，是市二院的一正一副院长。当时这事的确在卫生系统传得挺热闹，我还记得，后来的副院长，脸面挂不住，甚至举家离开了江中市。正院长，名声大臭，从此也过得郁郁寡欢。

那个女的，听说也离开了二院。而且大家都说，怎么也不明白那两个男人是犯了什么毛病，女人长得五大三粗，相貌平平。至于传说中害领导手掏不出来的乳房，只是一对四平八稳的奶子，至少没有王皓雯的这么汹涌澎湃。

我想起了这个，再看安接生，就觉得她太不可信了。之前她说的那些个故事，我也都深深怀疑起来。

我向她做了一个举手投降的姿势，我说："安大夫，我声明，我本人绝对对你没有恶意，但是你讲的这个故事，我认为你是捕风捉影，硬安在了王皓雯的头上。这事前好几年，分明是发生在二院的，你是记错了吧？"

她愣住了，眼睛直直地瞪着我。"二院的？那我怎么记得是王皓雯的呢？"

"可能你太恨她了，所以忍不住就张冠李戴了。"

我油嘴滑舌地揭发了她不良居心后，再也不想坐在这里听他们胡扯八扯了。

一个破乳沟，居然能引发出这么多的烂事儿，连诬陷的事情，都发生了。这个安接生，好歹她也是一个受过良好教育的知识分子呀，按年岁算，她还是"文革"前读的大学呢。

咋就这么没素质呢！

我不由分说，不听劝地自顾自出了茶馆。

王皓雯啊王皓雯，看来你这次真是凶多吉少。跑得了和尚跑不了庙啊，难道你打算就这么藏下去，再也不露面了？

可这也不是你的做事风格，更不是你的行为做派啊。

不过也说不上，人这一生，总会遭受一些大坎小坷，谁也猜不到谁到底能有多坚强，能应付得了几级的台风或海啸。

女发言人

很多看上去高大叶茂的大树,不也会突然一夜狂风,就被刮倒在路边,再也站不起来吗?如果一个女人,真的要靠乳沟来支撑自己的话,她也就像外表高大,可内里却虚弱的大树吧,怕是早就空了。

风一吹,很可能,就再也站不起来了。

但是王皓雯,她真是需要靠乳沟,一路攀升的女人吗?

不,我不相信。就凭她跟我骑车,去看了那么多的地方,我就可以断言,她并不是一个时时要将乳房顶在脑袋上的女人。而有时候,她也偶尔会做出这样的举动来,那只可能是她一种情不自禁的表达,而并非是一种计谋。

因为我联想到了她对我的态度。

要是按安接生或是刘正大的说法,王皓雯对我,又有什么好图的呢?

活到这个年龄,人情感的自然流露,或是刻意为之,我还是自信会有那个判断力的。

比起安接生或是刘正大,我对王皓雯的了解,一定只会更多。

在男女问题上,我相信她有轻浮的那一面,但她的表达却是健康、坦率的。穿的漂亮、或是露出乳沟,对她来说,绝对和道德败坏或是淫荡什么的挨不上边,她这么打扮,或是那样跟男人说话,就像鲜花开放,要放出香气一样。她很自然,并非只为了占便宜或捞好处。在这上面,她还真没有什么好指责的。

虽然她后来那么突然又决绝地离开了我,但我猜测其中是必有原因的。

去年夏天,欧洲杯足球赛时,我和几个朋友一起去足球酒吧看球。休息时,突然听到有人发出怪叫声。哎哎哎,这算不算黄色新闻呀?

要知道,当时"很黄很暴力"这个说法,正在流行,有人这么说,就特别吸引人。酒吧里有三四台电视,有人正好利用广告时间,在看江中新闻。

猛一看,我还以为说话的是女主持人呢,等再看,却原来是王皓雯。这个漂亮年轻的女官员,的确是太引人注目了。画面上,是她正在对

第十六章
掏不出手

采访的记者说着一些官话。可是大部分球友，绝对并没有在听她说什么，大家注意的焦点，全都放在了她穿的那件衣服上。

因为是夏天，她穿着一件白色的衬衣，外面是一件宝蓝色的西装外套。但她穿得很性感，胸部丰满，衬衣就撑得很鼓，白衬衣的扣子，又低开了一个——

大家就是在为这个而欢呼。

但很快，镜头切换了，转入江中市区的大好河山。等再移动过来，就只拍到王皓雯脖子以上的部位。

我相信她这样做，肯定是刻意的。

除了大家猜测的，她做政府官员，还敢穿得花里胡哨，还敢打扮得那么漂亮，是因为有黑而硬的后台外，应该也可以看出她有率性天真的一面，而并非老谋深算，步步为营吧。

否则，她又怎会落到今天这个下场。

从茶馆回到家里，我二话不说开了电脑，再一次认真地看了一遍网上所有关于罗尚明、王皓雯的消息。

这才发现，事情还远远没有结束的迹象呢。

那个爆料的小白菜说，他的身后还有个庞大的人肉搜索团队。他说有很多人，都主动给他材料。他所掌握的东西，绝不仅仅现在说出来的这么多。

至于罗尚明相好过的女人，王皓雯和女教师，只是他曝光的第一批材料。他还有很多东西可以挖。

"台湾有邱毅，大陆就有小白菜！"这是他的行动口号。

罗尚明有记日记的习惯，而且都存在一个移动硬盘里。里面不仅有他收取贿赂的资料，也有他玩弄女人的记录。

也许在他的潜意识里，一直就相信自己会有被抓的一天吧。与其到时候被别人乱咬，不如自己一笔一笔记好账，好歹也能自辩。

小白菜说，要怪只能怪罗尚明没小心，竟拿这个硬盘，去同事的电脑上做测试。他以为是接口坏掉，却没有想到，这个世界上，危机到处都是。虽然有密码，但高手亦处处都有。他测试不要紧，别人随手一转存，就将

所有内容，拷到了自己的电脑里。

还是在好多年前，罗尚明开全市机关大会时，号召大家都要学用电脑，要学着上网。他把这叫做"向一名现代化干部飞跃"。他用自己做例子，教育大家说："虽然我的岁数已经不小了，工作也非常的繁忙，最主要的是，我并不习惯于用拼音打字，可我还是抽出时间来，硬是学会了五笔输入法。我相信，在座的各位，一定会赶超过我。"

一语成谶，罗尚明是成也电脑，败也电脑呀。

他的同事，在电脑的使用上面，果真赶超了他。

小白菜说，有了这个硬盘里的资料，他比纪委更牛，他会慢慢来，一点一点揭开这些人的丑恶嘴脸。

看到这里，我不由冥思苦想，如果真如他所说，一个人一个人的揭发问题，那么这是不是也意味着王皓雯的"罪行"已经被揭发完了？

如果只是和上级领导有过不正当的性关系，那么这到底能构成多大的问题呢？

只要她不再牵扯到经济问题，她最多离职就可以了吧？

难道还需要躲这么久？一点音信都没有？

会不会已经被双规了？

我的猜测，很快就被证明是错误的。

我突然接到了一个电话，号码很陌生，我一拿起来，正是王皓雯的声音。

她说："周芥平，你能请假来看看我吗？"

第十七章
小县城里的整形大夫

这个电话，真是让我吓了一大跳。

因为天色已晚，而我又一直在书房里看电脑，看得入神，灯都忘记了开。那晚熙娴和她的闺密出去玩了，也不在家。黑灯瞎火地，满脑子都是王皓雯的事，突然电话响起，里面竟传出她的声音时，大有见了鬼的感觉。

她的声音很低沉，尽显压抑，全无精神。

她能在这种时候想到我，我当然是既吃惊，也感动，我二话不说，就答应了她。我说我这就请假，争取明天一大早就出发。

随后，我给老朱打了个电话。我说家里有急事，要请两天假。

请好假，我又想该怎么对熙娴讲这事，瞒着她，我会觉得即便和王皓雯是清白的，也做错了。可是告诉她，她还会让我去吗？

思来想去，决定等回来再告诉她事实真相。

到时候自然会有办法的。

于是第二天一大早，我就背了一个小包出发了。

王皓雯给我的地址，是在离江中3个小时高速路程之外的阳和县，从县城下车，还要坐一个多小时的乡村公路，才能到那个叫五仁的乡镇。我知道那是她的老家，也是她当年做县医院医生后，去乡镇医院锻炼过两年的地方。

她居然回了老家，真让人吃惊。在这个信息四通八达的时代，她难道真的以为，在偏远的乡下，就能躲过风头吗？

一路上风光不错，虽然是冬天，但远离了城市和日常烦琐的工作，还是让我觉得心情舒畅。王皓雯到底叫我去做什么呢？

我想起了一首老歌——《朋友》：当你过得好时，请你远离我。当你身处不幸时，请你想着我。

她是这个原因吗？

如果是，我应该感到高兴吧。

阳和县城不算大，但很整洁。曾经我们医院来这里接收过一个重危病人，那是四年前了，我跟他们县医院的不少大夫都打过交道。

那时县城还颇为脏乱差，真没想到，短短几年，主干道路和道路两旁，就发生了这么大的变化。中心花园、喷泉水池、大舞台、绿地广场，甚至

第十七章
小县城里的整形大夫

已有了新开发的居民小区。

从汽车站走出来,到了大中午,早上走得匆忙,没有吃早餐。这阵肚子饿得咕咕直叫,我顺脚走近旁边的一个面馆,打算吃碗拉面。

就听见有人在后面迟迟疑疑地叫我一声:"周大夫,是你吗?"

我扭身,看见一张似曾相识的脸,中年人,肤色较黑,小眼睛,一眨一眨地盯着我看。我说我是啊。你是哪位?

我想可能是某个病人。

做医生的,每天见的人很多,有时走在街上,常会有病人认出你来。但你自己肯定是很难想得起来的。

男人搓搓手,脸上顿时露出了笑意。他拉开凳子,和我坐在了同一张桌上。又叫服务员,"切盘牛肉来"。怪亲近地问我:"喝点酒不?"

"大中午的,不喝酒不喝酒。"我制止,"你是……我这记性,有点记不住了。"

"那不怪你,"他倒挺通情达理的,说着阳和方言,"你是大城市来的人嘛,大城市的人每天都要见很多人,记不住人也是正常的。"

说着,他从口袋里掏出一张名片,送到我手里。我低头看,阳和美容整形医院院长,省级美容专家,中国美容协会秘书长,世界小姐评选委员会顾问,杨子仪。

这都什么和什么啊,还世界小姐评委会顾问呢,这世道,可真是什么话都敢说啊。

我看看他,就笑:"来头不小啊。"

他自嘲:"这是为做生意用的,名片嘛,就是一个名骗,不做数不做数的。你把头朝左扭,看见那个广告牌没?"

我转过头,果真就看见一个大广告牌正挂在一幢灰楼的上面。除了这个医院的名称外,还有个光彩照人的美女呢。我仔细看,居然是章子怡。

我吃惊道:"医院是请章子怡做的代言人?"

他嘿嘿笑着,劝我吃肉。"只是做广告时,用了她的相片。我们这里山高皇帝远的,乡下人,谁知道个章子怡。要不是她的名字和我的一样,我才不稀罕用她呢。我喜欢温碧霞,那模样,才叫女人嘛。"

这时，我总算想起来他是谁了。

几年前我来阳和，接那个病人时，他当时就在县医院里做外科大夫。我问他："你怎么想起自己干了？"

他说："在哪动刀还不都是动刀？会切阑尾，就肯定会切双眼皮是不是？我主要是非常看好这个市场，现在县城里的人也都有钱了，美容整形啥的，迟早会流行起来。我得想办法先把这个市场占住了。医院才开张，时间也不长。除了一个护士我老婆外，医生就我一人。现在还比较难维持，主要是病人不多。我们赚钱主要是靠美容保养，一些女人每周来做做面膜什么的。"

我点点头，想也可以想见是不是？

县城就这么个巴掌大的地方，它面对的更多客源，应该来自农村。可农村人要拿美容或整形当回事，可能还得等一段时间。

我问他，医院就在那幢楼里吗？

他点点头，说租了两间房，权且为之。

说完这个，他将凳子向前拉了拉，脸上露出诡秘的神情，问我："周大夫，你最近也听说那件事了吧？你肯定比我听得多，你是大城市来的人嘛。"

他一口一个大城市，真是让我听得可笑。

江中算什么大城市。再说了，再大的城市，又关小老百姓什么屁事，除了出行不便，还不得一样一日三餐，蝇营狗苟？

但他此话一出，我就知道他想说什么了。这世界真怪，一眨眼，人人都把眼睛盯在同一件事上面。难怪说地球是平的呢。

要是他知道我这次来是干什么的，他会不会八卦得更来劲？

我淡淡地说："大城市每天发生的事也多，不知道你说的是哪桩。"

"王皓雯啊！阳和县里都传疯了。我今天看见你，心里还在想呢，真是巧，正好可以了解点情况。她不是后来调到你们医院里去了吗？"

"那和我也没关系啊。"我说。

"但总能听到什么吧。"他见我不热心，失望了。但很快又精神起来，决定先给我讲点他的最新消息。

第十七章
小县城里的整形大夫

"听说王皓雯回五仁老家了，有狗仔队都追过去了呢。我听五仁来的人说，记者们围着她以前下乡时的乡镇医院不走，还追到她父母家、她哥哥家去了。"

这还真没有让我想到。我顿时有点头皮发麻的感觉，心想万一被记者拍到我和她在一起，我还怎么跟熙娴解释呢？

于是我问老杨："那后来找到了吗？"

"没有，她的家人也不知道她在哪里。她是回来过，待了一天。她有套房子，就买在阳和呢，老公长年住在这里，但记者来后，那男人也不见了，跑了。"

"她老公也知道这事了？他怎么说？"

老杨嘴一撇："他能怎么说？没有王皓雯，他能有今天？"

"他不是有自己的生意做吗？"

"屁，他就是一个乡巴佬。书都没有读过，还大王皓雯十几岁。最开始带着几个村民出去修公路，后来又当小包工头，一天累死到头，还被拖欠工钱，自己又给别人打白条。有一年春节被人堵住狠狠打过一顿，最后瘸了腿。这些，我们阳和人都知道。"

这还是我第一次听人这么讲王皓雯的丈夫，真是吃惊无比。

"后来是全凭王皓雯帮他张罗，才开了这家建材工程公司。这几年生意是做好了，看见我们县里这几条街的变化了吗？当初改建时，王皓雯一个月跑了三趟阳和，后来硬是让她老公中标了其中的一个项目。咳，那算是什么招标啊，大家心里都清楚得很，不是王皓雯这几年飞黄腾达，那个男人还不得在农村面朝黄土背朝天？"

"他没跟记者说什么？"

"当然。他肯定是得到王皓雯的指示，自己跑掉了。男人嘛，这几年生意做得好了，就包养了一个小姑娘，听说这次跑掉，还把小姑娘也带走了。那姑娘父母都在县城，羞得连头都抬不起来呢。啧啧，周大夫，你说说看，这世道，人都没有羞耻心了是吧？只要为钱，什么都敢干。"

我推开了面碗，说吃饱了。

我赞同老杨的话，觉得还应该再加一句："不仅为了钱什么都敢干，

还敢吹嘘自己是世界小姐的评委哪。而且,指责起他人来,还个个气壮山河的。"

老杨不许我走,指点着菜盘,说还有肉呢,又说,这么久没见了,说说话。

我客气地道谢,说自己还有事要办,必须得赶路了。

"你去哪里?"他问我,热情地站起来:"要不我陪你去办事,怕你路不熟。"

我连忙谢绝,说不用如此。想想阳和我还真是一点也不熟,想说个地名,都说不出来。只好随口骗他:"卫生局有人在等我,我要去那里找个人,了解情况。"

"什么事?"他又瞪圆了眼睛,好奇得不得了。

"保密,"我笑笑,"暂时还不能说。"

好像我真是肩负什么机密任务似的。

说完,我就出了饭铺的门,重新走进了汽车站。

正好,有一辆去五仁的车在招呼人上车,我刚坐上去,车就开了。

紧接着,让我没有想到的是,车子开出去没有几步远,就又开始沿路停停喊喊拉起了人。刚好第一站就停在我刚出来的饭铺门口,正走出门的杨子仪,站在车下,望着车窗。

我们的眼睛,顿时打了个照面!

他擦嘴的手停在了嘴边,大张着嘴,吃惊地看着我。我尴尬至极,无话可说。下意识地,咧嘴苦笑,举起手,冲他摇了一摇。

第十八章
惊弓之鸟

乡村公路，走起来自然没有高速公路那么干净和快速，而且汽车走一村拉一村，到后来车道上都坐满了人。

司乘人员在座位下面放了不少小马扎，现在全都拿出来请人坐。

三摇两晃，直到下午快5点，我才到了五仁的乡政府所在地。

镇上就有条街，麻雀虽小，五脏俱全。

春梅超市、五仁邮政、黄师傅理发铺、小芳美发店、老王面馆、开口笑彩票点、大忠按摩洗浴中心、霸速网吧、零点网吧、大世界网吧、和谐网吧……

刚放了学的中小学生，一窝蜂一窝蜂地走向大小网吧。

我掏出手机，拨通了昨天留在我手机里的那个电话。

正是王皓雯接的电话，我说我到五仁了，再接着该怎么走，让她告诉我一声。

她听上去，声音竟然吃惊无比："你真的来了？真的在五仁啊？是你自己吗？"

我说当然我一人了，你不是叫我来吗？

"哎呀，我以为你也就嘴上客气一下呢。都这时候了，多少人躲都躲不及的，你还真来了。这样，你稍微等等我，我来接你。"

"那我就站在街边等啊？"

我的意思是，她现在是个那么招摇的人物，而我站在街边等她，是不是不太合适。

"不用，"她说，"那边不是有很多铺子吗，你累了吧，找个网吧坐会儿吧。"

我并不累，就买了瓶水，找块石头，坐在了街边。我一外乡人的模样，让过来过往的人，都在行注目礼。电话里听上去，王皓雯并没有偷偷摸摸的意思，也不打算跟我秘密接头。那我还怕什么呀。

我看见了五仁乡镇医院的牌子了，居然就离我坐的地方不很远。是个有扇铁门的小院子，里面有几间小平房。院当中一棵大槐树，枝繁叶茂。王皓雯到县医院后的前两年，作为帮贫医生，是在这里度过的。

突然，一个穿着件发黄的白大褂的老头，笑嘻嘻地走了出来。

第十八章
惊弓之鸟

他一直走到了我的跟前，张嘴就问："你是省上来的记者？"

我惶然，我怎么成省上来的记者了？

突然又反应过来，一定是我这个外地人的样子，才让他这么猜的。

"这女子义气呀，离开这里这么多年了，从来没有忘记过我，每年春节都给我买东西，还送压岁钱哪。"

老头方言很重，他继续跟我唠叨起来。大概意思就是王皓雯被人陷害了，女人做事不容易，可怜她这娃娃。我听不太懂，只能频频点头，又跟他澄清自己不是记者，但他不管不顾，就好像好不容易抓住了一个人，非要说个够似的。

正在这时，不远处出现了一辆小皮卡，轮胎走过，卷起路边的沙土。眨眼皮卡停在了我的跟前，门打开来，慢吞吞下来一个女人。

不是王皓雯还是谁？

还记得我曾在很多年前，看到过她刚起床的那一幕吗？

眼皮耷拉着，脸上没有一点神采。

世上就有这么一种人，就像川剧里的变脸似的。表情一换，就会完全像是变成了另一个人。他们是靠表情支撑的。比方粲然一笑，整个人就有了光芒。可是一旦不笑了，就完全成了另外一个人。

王皓雯就是这样的。

这也可能是为什么好多年来，无论她什么时候，都是眉飞色舞的样子。

她自己也一定知道自己的这个特点。她不能像很多其他人一样不动声色，她一旦表情死板，就会立刻给人灵魂都被抽走了的感觉。

此时此刻，她就给我这样一种感觉。

车轮搅起的灰尘还没有散，在这片尘灰中，她看上去既疲惫又衰老，突然就有了中年妇女的沧桑样。

这是我从来没有在她身上看到过的一种感觉，她甚至提醒了我，原来我也岁数不小了。

我看到了她被这事打击的样子。

一贯讲究穿着的她，甚至连衣服都透露出了漫不经心。黑色的肥腿

裤,下面是双厚底运动鞋。上身穿着件没点样子的羽绒服,围着条咖啡色的围巾。

她是从哪里找来的这身衣服?要不是举手投足,言谈表情有点不同,你会很容易将她和当地的妇女混为一谈。

如果说以前,她会特别小心地,从不在外人面前露出她疲惫荒凉的内心世界的话,那么现在,她几乎已经是防不及防地、自然而然地就流露了出来。

这也是我第一次,看到一个人经历世态炎凉之后,思虑、爱情和苦难,在脸上留下了印记。

她给我的震撼是如此之重,刹那之间,我仿佛突然明白了人生的许多道理。

她长久地望着我,并不说话,仿佛观察着我对她容颜沧桑的感触。然后,她嘴角露出了温柔的笑意,伸出胳膊,向我举过来。

我们紧紧地拥抱在了一起,她在我的耳边,轻轻说了句:"谢谢你。"

我拍拍她的背,什么也没有说。

"上车吧,"她叫我,又转身对那老头说,"你也回去吧。"

我跟着王皓雯上了车,顺便看了看车牌,居然是江中市的。等坐到车上,她开动后,我就问她:"你是开着这车从江中跑来的?"

"可不是咋的,"她说,"我真是没辙了,除了逃跑,还能怎样。还不敢开自己的车,怕太招摇,被人盯上。我临时找了个朋友,把我的车换给他了。反正这车下乡也合适,正好当农用车使嘛。"

她说着话,语气渐渐活泼起来,脸上心如死灰的表情,也有了改变。"我再这么待下去,真怕自己会疯掉了。对不起,我想我必须叫一个人来陪我几天,否则我会自杀的。"

说着,她伸出右手,拍了拍我的膝盖。

"我能想到的这个人,只有你了。"

我问她:"你住在什么地方?"

"我不敢住到我父母或兄弟家里去,怕他们遭连累。乡里乡亲,说闲话的人,已经够多了。我回来的第一天,去了我姑家里。她只有一个人,

第十八章
惊弓之鸟

儿女都离开乡下了。谁知道,第二天她家门口就围满了人,看热闹的,冲我唾口水的。我一直以为我老家山高皇帝远呢,真没想到,这年头,什么丑事都包不住。我跟我姑说,这下可住不成了,我看我还是走吧。她说你走哪里去呢。这样吧,你表兄有朋友在开山庄呢,你藏到那里去。只要我说你已经走了,其他人也就不追究了。你摸黑走,然后悄悄待在那里,跟谁都别打交道。"

"山庄的人不知道你是谁呀?"

"不知道。反正一个游客也没有。就留了一个老头和一条狗在看门。最早为了省钱,电都没有,后来我说我给钱,表兄才说通上电。只通了几间房,但烧个电炉,取暖也行了。然后我又跑了趟县城,戴着大墨镜,包着大围巾,就跟多大的明星似的,买回来了一大堆吃的和用的东西。人藏是藏住了,这里还真是世外桃源,可就是越待着越心慌,不知道以后怎么办,又没有勇气回到现实里去。"

突然问:"今天几号了,是23号吗?"

我说是。

"这么说,我已经回来一个星期了。日子过得恍恍惚惚的,真怕自己疯掉了。"

她这么一说,我想起刚才卫生院门口那老头。

我说:"那个老头,是医生,还是病人?"

"是个孤寡户,人也有点疯疯癫癫的。五仁没有养老院,四邻八县也没有,就把这老头塞进了乡医院,让医院负责照顾。他已经在这里待了七八年了。"

"你每年春节都来看他?还给他钱?"

"是的。我是顺便,反正回老家了嘛。"

"那医院里的其他医生呢?"

"本身也就只有一两个人,根本没人好好上班。所以这老头,常常冒充大夫,本地人都知道怎么回事。他跟你说什么了?"

"他问我是不是省里来的记者。"

"记者?天哪,记者都追到这里来了!"她一个大脚踩刹车,一脸惊

慌,茫然地向我转过头来。

"你还不知道吗?阳和县城里据说也有。"

"不知道,我关掉了手机。昨天给你打电话,是我这么多天,第一次跟外界联系,用的是山庄里的电话。我要是知道记者会找到五仁来,我就不敢去接你了。"

说着,惊弓之鸟地看后视镜。

"别怕,"我安慰她,"没车跟着我们,不会有人发现什么的。"

"你带电脑了吗?"她说,"我想看看事情到哪一步了。"

我说我没有带,不过我手机可以上网。

"没用,"她说,"信号不行。"

"那我告诉你情况吧,你老这么藏着,不是回事。人总得面对现实,还有好长的路要走呢。别怕,我来帮你想想办法,我们一起商量商量,总能找到出路的。"

她点点头,再一次伸手拍了拍我的膝盖。

第十九章
欲言又止

 发言人

所谓山庄,其实就是一堆破烂。

要不是靠着一座夏天可能看上去还能比较美丽的山,简直会让你以为到了一处烂尾工地。两排平房,做成对角状。但房屋显然经过风吹日晒,年久失修,地上到处坑坑洼洼,不少房间的玻璃都是碎的。

一看就是好久没有人住的样子了。

王皓雯停了车,见我表情诧异,就说:"是的,两三年没有开业了。地方太偏了,以前县里的老太爷们还有点野趣,来这里吃点喝点赌点玩点,再后来封山育林,野兔也不让打了。加上附近有个乡发现了温泉,这里就荒掉了。基本上没有什么东西了。"

她说着,神情突然变得紧张起来。扔下我,快步向一个房间跑去。

很快就又出来了,手里居然抱着一块大被单。

"我得把车子盖住,快,你来帮帮我。你说万一被人看见了怎么办呢。"

见她神经紧张,手忙脚乱的样子,我真是有点心酸。这个女人,一直都跟刘晓庆似的,给人一种打不垮压不倒的感觉,谁能想到,她还会有这么一面。

我不许她这样做,一把将被单从她的手里拿走了。

"你到底想不想过正常生活了?难道就要被这么点破事,彻底打垮吗?别怕,什么事也没有,这两天,我还要陪你到处走走呢,我们也不戴墨镜,也不围围巾,该怎样就怎样,你非得勇敢起来不可,非得好好面对现实不可。躲着藏着,不是个办法,对不对?"

她看着我,眼睛里全是哀求和伤心。"我真是怕,"她可怜兮兮地站在那里,头发也乱蓬蓬的,"我一想到我得去见人,心都要抽起来了。"

"这只是暂时的,"我安抚她,"谁都免不了,不过总得过去是不是。连拉登都还想办法在电视上露露面呢。来来来,我们先吃饭,我饿了,吃饱后一切才好说。"

听我拿拉登比喻她,她不禁苦笑了一下。

这一刻,我心里是有点奇怪的。

这可是王皓雯啊,多少年了,我已经再也没有见到过她露出丁点的小女人心态来。她一直那么高傲、蛮横、势利、不讲道理。可以想答理谁就

第十九章
欲言又止

答理谁,想蔑视谁就蔑视谁。

如果我们之间,不是曾经有过那样一段关系,如果她只是一个随随便便的女官员,那么就是她求到我头上,我也绝对不会安慰她的吧,而且,我敢断言,我也会和无数全国网民一样,幸灾乐祸地去顶这张揭发丑闻的帖子,就像去撕别人伤痕上的结疤,也会欣欣然地听东道西,四处打探吧。

但现在却完全不同,我竟然会放下工作,来到这么一个可怕的地方,陪她走过人生最阴暗的时候。

这里面有拔刀相助的成分,随之而来的,则是宽宥、体谅、信任等等。也许在心里,我是替她不平的吧。这里有私人情感,也有对一个人无端遭受社会重击的不满。

她走在前面,带我走进了一间房。

房里有床,有被褥,还有张桌子,可是没有电视,也没有更多的设施。她说这里以前曾做过客房,很多东西后来渐渐运走了。只能这么凑合着用。

"好在只有两三天,不能洗澡,没有厕所,解手得去后面的林子里,但好歹有水,可以煮开水,泡面吃。"

她面无表情地跟我说着,突然站住,望着我说:"我现在有点怀疑了,自己叫你来对还是不对。也许我做错了什么,也许我是乱上添乱。"

"你什么时候开始语无伦次,动不动就后悔了?"

"这说明什么?"

"说明你心虚了、胆小了、怀疑自我了呗。"

她有点神经质地摇了摇手指头。欲言又止的样子。

给我指了指旁边的门,说:"我住那间。"

我说:"这不有厕所吗,怎么就不许解手了?"

"下水坏了,不通了。"

"那你怎么着,也去林子里?"

"是啊,否则怎么办?"

"小心有狼啊,下次叫我陪你去。"

"嚯,那我到底防哪只狼啊。"

135

女发言人

她终于笑了，这是我见到她这么久，她第一次发出的由衷的笑意。

我有点着迷地望着这个笑容，我说，王皓雯，你知道，你非得笑不可。你一笑，就像歌词里唱的，星星都亮了。你得相信我，你只要这么笑着，再回到江中，你的生活就不会有任何变化了，还会和以前一样，呼风唤雨，精神抖擞。

她又笑了，这次是苦笑。

"我呀，我最近想来想去的，就是这事。难道我还真的需要再次回到江中，回到办公室，再做从前的工作吗？辛苦、钻营、劳碌，算计了这么多年，一直感觉自己够坚强、够勇敢、够风光，付出了辛苦，就要得到一切该得到的东西。我一直在不停地索取，不停地在争取自己想要的一切，这种感觉，也是很累人的，懂不懂？现在突然出现了这么一件大事，让我突然有这么一个机会，回过头，安安静静地看看自己走的路。周芥平，你说说，如果有上天的话，会不会就是上天在提醒我，该停一停脚步，该放一放手，该换一换生活方式，该走一走另一条路了？"

和北方很多的乡村一样，五仁也是山高水长，地偏村远。村落一个挨着一个，可要走完，却非得费一番脚力不可。头天晚上，我大概对王皓雯讲了讲网上的新消息，就休息了。

虽然是坐车，却也很是疲乏。加上王皓雯一边听我讲，一边凝神发呆，多余的半个字也都说不出来，我看她躲在这里一星期，真的是傻掉了，于是，也不想多说什么了。

第二天一早起来，天气特别晴朗。空气清新得令人直想撒野。早餐吃了几块饼干，我问王皓雯："你想干点什么，我陪你！"

听我这么说，她的肩膀陡然缩了一下，她在努力控制着自己的胆怯和不安。可是她还是说："我来这么久了，还没有去看看父母呢。"

说着，低头叹息一声。

这一副难言之隐的样子，让我不仅想起了阳和县里老杨说王皓雯丈夫的那些事儿。关于她的过去，我心里藏了太多的问号，却不能直截了当地问出来。

第十九章
欲言又止

任何一个人，走到人生的淤塞口时，他想继续向前，唯一的办法，只能是先回流吧。

这也是为什么她会凭借一种生命的本能，回到自己出生地的原因吧。

只是胆怯，让她不敢再走下去。她怕会给父母兄弟丢人。

我说："我在这里，只能待两天，时间很紧，与其坐在这里大眼瞪小眼，长吁短叹，不如到处走走看看，你现在最需要的，是要鼓足勇气出去见人。想想这世上比你倒霉的人，应该多了去了吧？光是网上，就有被曝光进了监狱的官员，有被艳照逼隐退的演员，有出尽洋相却赚不上钱的小丑……王皓雯，你比起他们来，应该还算是幸运的吧？至少，你可以有地方可藏，只要想回去，还有份工作可以继续做。反正你自从来到江中，身后就从来也不缺乏各种议论。现在只不过是议论的人群扩大了很多倍而已，但这其中的大部分人，并不认识生活中的你，他们不过是人云亦云，凑个热闹。待新的热闹出来了，他们立马就将子弹转向了别人。你得想明白，反正认识你的人，总不敢当着你的面，对你说三道四吧。那么你何不还像以前那样，走自己的路，让别人说去吧？"

她冲我苦笑："道理都懂，就是做起来太难。"

我拉住她，向外走。

我说要是你不肯听我的，那我可直接就回江中了。出来请假时，老朱恨不得把我杀了，现在是手术的旺季，好多病人半年前就预约了的。走吧，我们现在就去你父母家。

她跟着我走，嘴里叨叨着："我知道我知道，好了，我听你的，还不行吗？"

第二十章

她的父亲母亲

第二十章
她的父亲母亲

王皓雯父母的村子，坐落在五仁最偏远的地方。那里常年干旱缺水，农民普遍都不富裕。王皓雯是山窝里飞出的金凤凰，10多年前就是了。20岁我们谈恋爱时，她就对我讲过这个地方，她说她从小的理想并不高，只要能走出那个地方，即便是去五仁，就够让乡亲们羡慕了。

王皓雯开着车，眉头依然紧皱。我问她父母是否都在，她并不回答，而是反问我："他们会不会见到我，立刻就把我赶出去？"

我坐踏实，稳稳当当地安慰她："不会的。但他们可能会问你一点什么，你是否知道，该怎么回答？"

"你认为真是这样？"她点了点头，"我知道。我就是特别想见见我娘。"

我想起了我离婚的那段时间，同样遭受了一段众叛亲离的日子。很长时间，总感觉世界上所有的人，不是在谴责我、就是在可怜我，但最后能走出来，却还是家人给予的力量。

这就是一个人，为什么需要家庭的原因吧？

当你走投无路，感觉被所有的人都抛弃的时候，只要家人还能支持你，你就一定会再走出困境的。

在我想来，王皓雯需要的，正是这样的力量。

于是我说："你不能骗他们，你得把事情讲给他们，只要他们能谅解你了，你还用管别人怎么想你吗？"

"可他们，既不是我的同事，我的朋友，我的同学，也不影响我的工作，我的收入，我的前途，为什么我非需要他们的理解呢？"

啊，这真是个难题。我开始相信世上的人，的确是不一样的。

我第一次直截了当地逼问她："网上讲你的事，是真的？"

她不置可否，也不说话。

"还有，你丈夫比你大很多？"

"那又怎样？"她气势汹汹地冲我逼过来。

我赶紧举手投降，连连求饶。我说："好了好了我住嘴。现在我们去你家里，你去看看你的父母哥哥弟弟就行了。"

"不需要他们原谅了？不需要一进门就跪在二老的面前，然后一把鼻

涕一把眼泪地说，娘，爹，我错了，求你们打我吧？"

"不需要。"

"那我需要做什么？"

"你进门，就说，我饿了，娘，给我做点好吃的吧。"

"哈，没问题。"

一路上，她虎着个脸，不跟我说话。我断定是我刚才那两句追问，惹恼了她。可是我心里也在暗自吃惊，这个王皓雯，如果真的是传说中的那样，会不会也太厉害了。如此能利用男人的一个女人，难道还真需要我帮她渡过难关吗？

难道她也在利用我？

不，我有什么好利用的？没权没钱又没色，我的利用价值，在哪里呢？

也许，她真的只是感到再也支撑不下去了，正如她自己所说，她非得考虑是否需要转身的时候了。

一路上，风景很单调，经过一个个村庄，看见有漂亮的新房，我忍不住问她："你家的房子漂亮不？"

"你说呢，"她鼻子哼了一声，"明知故问。"

我突然想起她丈夫是干什么的了。但她是不是也太敏感了？

我问她："你生我的气了？"

"是的。"王皓雯这点特别好，只要她跟我在一起时，一般都会很直率地对我说出她的感受。

"你根本就是对我的私生活充满好奇，你说说看，你到底是想帮我，还是想打听我更多的隐私。"

既然她这么直率，我也就不客气了："打听更多的隐私，也是为了更好地帮你。"

"那你管我家房子怎样？"

"我只是看见有房子，顺嘴问问你。"

"那我告诉你，我家房子不好，一点也不好。我父母，对我的婚事，厌烦透了，他们才不会要他来帮他们盖房子呢。不仅如此，这么些年，我给

第二十章
她的父亲母亲

他们的钱,他们也都不用。都是你,非要我回家去看他们,他们烦我着呢,我出了这事,他们可能更高兴了。等你去了就知道了,你还以为你自己有多大本事!"

她这副态度,可真是不咋的。我逗她:"你好像还挺替我幸灾乐祸的,这么快就忘了自己的难受了?"

"滚一边去。"她骂我,"我恨你我恨你我恨你。"

我说:"女人说我恨你的话外音应该就是我爱你吧。"

她笑了,把我这边的车窗突然放了下来。"吹死你个臭贫嘴的。"

终于,王皓雯将车开进了一条曲里拐弯的土道,绕过几幢带大院子的房子后,将车停进了一个简单干净的小院里。房子果然不够气派,墙还是老式的砖墙,并没有贴上瓷砖。但方正整洁,窗明几净小院里还搭着个太阳灶。

正房厚厚的布门帘一挑,跑出来个中年妇女,王皓雯嘴一张,刚叫了一声嫂子,那女人竟倒吸一口凉气,又进屋了。

我和王皓雯就站在当院,进也不是,退也不是。王皓雯不看我,黑着个脸,眼睛瞪着门帘。门帘却纹丝不动。

她用当地的方言,喊了起来:"爹,娘,你们不出来,我可就走了,走了就再不回来了。"

门边的窗户玻璃上,出现了一个老太太的脸,头发包在棕色的头巾里,一脸皱纹,眼睛里含着一包泪水。她冲王皓雯说着什么,可隔着玻璃,并不能听得清楚。

我想这个时候,我应该做点什么。

跟着王皓雯回家,她的意思不就是希望我能帮她解围吗?

我上前一步,将门帘掀开,自己走了进去。进门一张大炕,那老太太,正是坐在炕上,冲着窗户玻璃看王皓雯呢。炕上角落里,还坐着个老头,一看就身体不好,委靡不振的。刚才出来又进去的中年妇女,靠在中堂下的桌子边,手里掰着半个馒头,见到我进门,就冲老太太喊:"来人了来人了。"

"你是谁?"老太太毫不客气地质问我。

"我是您闺女的朋友。"我说着,将手里提着的水果放在桌上,幸好路上,临时买了点东西,这阵才显得比较顺手了,"我们来看看您和大叔。"

老太太虽然心里在闹别扭,但人还是个朴实人,她不好意思继续坐在炕上了,冲王皓雯的嫂子说:"招呼客人坐下,倒杯茶。"

我跑出门,将王皓雯一把拉进了门。当着我的面,王皓雯的家人并不好意思对她开炮。王皓雯问她母亲:"爹的病好点没?"

我转过头,发现老头面无表情,仿佛世界和他全无关系。我意识到他可能患了老年痴呆症。老太太瞥了老头一眼,眼睛并不看王皓雯,而是对着我说:"疯疯傻傻的,哪里能说好就好。"

我说:"还有其他病吗?"

"肾不好。"老太太说。

王皓雯的嫂子端上了一杯热茶,放在我的手边,我顺势推到王皓雯那里。我冲她说:"给我来杯白开水。"

她瞪瞪我,转身又倒新的一杯。

这个家里,看上去真的并不富裕。像样的家具几乎没有。最气派的应该就是那个大铁皮炉子,还有一台电视机,放在一个歪歪扭扭的小柜子上面。地上铺的,不是瓷砖,还是土砖,这在农村已经不多见了。

王皓雯努力控制着自己的情绪,她意识到自己带来了凝重的气氛,但又不知道怎样和家人解释。她的母亲和嫂子,尴尬地不知道该怎么办。我只好说:"大娘,嫂子,我们走了一路,饿了,有饭吃吗?"

老太太支派着嫂子去厨房做饭。她一走,老太太的眼泪哗地就流了下来。刚才的强硬劲一扫而光,一把攥住王皓雯的手,说:"你跑哪里去了,咋做下了这么些丑事呢。"

王皓雯也红了眼圈,她伏在母亲肩头哭了起来。

我悄悄走了出去,进了厨房。

王皓雯的嫂子正贴在伙房的墙上偷听正房的动静,见我进去,尴尬地赶紧转身,拿着盆,去面缸里舀面。问我:"吃得惯面吧?"

我点点头。顺手搬个小板凳坐在了炉子旁。我问嫂子:"大哥呢?不在家?"

第二十章
她的父亲母亲

"去新疆了。"她说,"家里穷,没钱,只能靠他下苦力了。"

"王皓雯不是常给家里钱吗?"

"她的钱老太太不让用。"嫂子一说起这个,脸上说不出的丰富表情。又问我,"你是她的什么人?男朋友?"

"就是朋友,好朋友。我们认识10多年了。"

"哦。"她说,但看我的眼神,还是有些怪,仿佛在说,别骗我,我什么都懂,"老太太说她的钱不干净,迟早是要还的。我们有这么个当官的妹子,没沾半点光,倒霉事却逃不脱。瞧那老太太,我都过门20年了,她还总拿我当外人呢,和闺女说的话,不跟我说。哼。"嫂子鼻子里出气,生婆婆的气。对小姑子出这事,显然又有点幸灾乐祸,"一周前就有人来跟我们说,皓雯出事了,被人用张网给捞了出来,说是和男人们睡在一起,是不是?"

王皓雯嫂子的这个说法,真是新鲜又别致,我不禁哈哈大笑起来。我说:"他们没有说是什么样的男人?"

"说都是当官的,皓雯靠着跟他们睡觉,才做到这个官位的。"

"老太太气坏了吧?"

"气得都不想活了,"嫂子说,"说了好几次,要去江中问皓雯的。可是家里电话一直没有人接,后来又听姑姑说,她跑到哪里躲起来了。这些事怕是真的了?"

"有些可能是真的,但也有很多是人们乱传乱说的。"

说到这里,我开始问起王皓雯嫂子村子里的一些事,多少人啊,多少地啊,出门打工的人多不多,她的孩子多大了,都在做什么。又问她,王皓雯的父亲,是否需要去城里看病。

"当然需要,"她冲我撇嘴,"可是你问问她,她愿意接老人家进城吗?"

"她会接他去看病的,"我说,"以前是太忙,这以后,她会的。"

等我再进正房,王皓雯嫂子已将饭做好了。王皓雯和母亲并没有说话,但从表情看,彼此却都有了变化,气氛也不那么令人紧张了。

我和王皓雯守着炕桌,一人吃了一碗面。吃饭的时间,院子外开始人

 发言人

头晃动，有人在不停走动张望。

"叫他们进来，想吃了，就给碗面！"王皓雯突然大声说，不像赌气，倒好像恢复了底气，又有了从前的蛮横样。

"你吃你的，"老太太训斥她，"人家要看，是人家的自由。"

"在我家门上看什么看？他妈的……"话音未落，王皓雯已放下碗，一个箭步冲了出去。立马听见她在院子里脆生生地招呼人，"进来坐啊，吃了没有？我是办事，顺路过来看看。大家都好吧，有什么事需要我帮忙的不？"

我也走了出去，站在屋檐下，就听见她妯娌兄弟的叫个不停。又问年货办了没有，又问谁家孩子上学功课好不好。说着，转过身来，把我指给大伙看："这是政府的周处长，跟我一起下乡搞调研。开车来的，这车在农村好走！"

她脸上带着笑，这笑容让她立时像换了一个人似的。她的腰板也挺直了，声音也洪亮了。眼神也和从前一样，泼辣骄傲的劲头又出来了。

我在心里暗暗惊叹，她就像枯萎的花朵，突然活了过来。这女人心气高，实在是高。她那不认输的劲头，真的令人佩服呢。

没有看到想看到的热闹，乡邻们多少有些悻悻然，说了些客套话，就都纷纷撤了。

第二十一章
喊　山

午饭过后,我们开车离开了她父母家。

"难道你认为,我真的只是回家看看父母吗?"

上了车,她这样问我。

"那你想做什么呢,给大家证明,你一切都很好?"

"当然,"她这么说着,嘴边绽开了一丝笑意,"我非得要在人前这么表演一下不可,我得演得淋漓尽致,才能让自己活过来。否则这一关,我可过不去。不过,今天演得并不过瘾。"

"现在心情好了?"

"好多了,"她说,"但非得有人陪着我不可,你要知道,我自己可没有这勇气回来。"她说着,恨恨地咬了咬嘴唇,还拿拳头砸了一下喇叭。

我笑笑,没有再说什么。

但我心里想,这可能就是为什么她要叫我来这里的原因了。她需要我帮她扮演一个"周处长"的角色。换了任何一个人,似乎都不太合适。同事不行,平时江湖上混得熟悉的人也不行——到时候都会有闲话传出去。她需要的是一个和自己圈子没有什么联系,但外表看起来,又还有点档次的人,而且这个人还得是男人,最主要的是,他还是一个能对她怀有同情和理解心的人。

天下之大,除了我这个初恋情人,她似乎还真找不到其他愿意扮演,并且事后还不会落下是非、并且有纠缠的男人了。

一路上,她跟我讲着在家里的一幕。

"我妈气坏了,她真是什么都相信的,唯独不信我。我跟她说,这些话都是假的,是有人要整我。官场就是这样,到处都是斗争,稍不留神,就会被人使了绊子。你猜她怎么说,她说,我知道我闺女,根本就不是个本分人,出事是迟早的。结婚那么多年,家不像个家,就算你自己老老实实,别的男人也会找上门来。寡妇门前是非多,你和寡妇有什么不同?你说你是被人冤枉了,我看只会冤枉百分之一。我说,妈,你就这么不待见你姑娘啊,我一步一步走到今天容易吗?要是光会跟人睡觉,就能当官,那不成妓女的天下了?这是需要实力的,你不相信我有这本事啊?她就哭了,跟我说:女人的名声,是最要紧的啊,你怎么坏,都不能坏了名声。

第二十一章
喊山

她还拿出了6万多元钱,都是这些年我给她的,她说一直给我攒着,让我拿回去送礼,让他们放了我。"

"你怎么说?"

"我说,我会想办法挽回来的。"

"真的有办法吗?"

她看看我:"不知道。但是只要不是去死,就总得活下去是吧。既然要活下去,我总得想个活得更好的办法对不对?莫非你心里也在想,我这辈子,好运是走到头了吗?"

我很想跟她好好谈谈网上的那些传言,比方罗尚明,比方黄某某,张齐就算了,他还是我的同事,我说这些,似乎不太合适。可我不知道该从哪里说起,如果她不肯主动告诉我,是不是我也只能像她的老母亲一样,一方面没法相信她,另一方面又只好接受她所说的,这只是官场上的一次斗争。

果真,她开始这样说。

"我不知道下一步该怎么办,继续留在市政府,似乎不大合适了。很明显地,我是遭到了新班子的排斥。否则,他们一定会帮我的,比方辟谣、发布官方说明等等。这样一声不吭,而且主动提出让我请假躲躲风头,就是很明显的暗示,他们要抛我出局,让我做罗尚明一案中的替死鬼。"

"为什么叫你做替死鬼?"

"你傻啊?罗尚明这案子,牵扯了多少人进来,随后还不知要牵扯多少人。有人肯定会很紧张,男女私情,比起经济问题,当然算小事。所以,肯定有人主动爆料,就是为了转移大家的注意力。我,是个牺牲品。"

"好像网上有人也这么猜过。"

"是的。那个小白菜,我一直在想,很可能,就是我认识的某一个人。一方面,他觊觎或是忌妒我奋斗的过程,另一方面,他也在被罗尚明的政敌所利用。"

王皓雯说的这些阴谋阳谋,我并不能很是听懂,也很难有她那样深切的体会。毕竟隔行如隔山,是否真的就像她所说,这一切都只是别人在对付她,我哪里能知道呢。

不过她这么说着,让我倒是想起了另一个人,我问她:"你认识刘正大吗?"

她想了一下,才想起这个人来。"方头方脑,矮矮胖胖的?"

我说是。

"他前段时间,要给我写本书,出了这事,现在估计是没戏了。这世道,人都蛮势利的。怎么,你认识他?"

我不知道该不该对她讲刘正大现在在做什么,还有安接生,惹起她对他们恼火,那我不成搬弄口舌是非的小人了吗?

我决定什么都不说为好,只是告诉她,也是前段时间,听到刘正大说,要为她写本书。

"他见风使舵,"她说,"你不用答理他。"

我笑笑。我想刘正大正巧也对王皓雯做过类似的评价。

下午3点多,我们终于再次回到了度假山庄。一回到山庄,王皓雯的坏情绪就又上来了,她失去了刚才在路上尚存的兴致,一头栽倒在床上,拿枕头捂着脸,嘴里一个劲地呜噜着:"真是闷死人,闷死人了。"

"那我们去县城吧。"

"不,什么地方也不想去。"

她又开始前怕狼后怕虎了。她脸上的表情一变,整个人也像变了。瞬间老了好多的样子。甚至连头发都似乎变得蓬乱干燥了起来。

我说:"你回家一趟不是都感觉好了吗,怎么又这个样子了?"

"不知道,"她坐起来,手里捏着枕头,望着我,"我一想到要回江中,要面对这些人、这些事儿,我就又害怕得要死。"

"那换个工作,或是去干点别的不好吗?"

"干什么?"

"你不是在读博士吗?把书读完还怕找不到别的事?"

"哈,"她点点头,"我是得好好想想。"

没有什么事情可做,我灵机一动,问她要不要去爬山?

爬山是个好主意,虽然冬天,满山的树叶都落了,可是山路在腐叶的

第二十一章
喊山

覆盖之下，却更有一番韵味。

王皓雯跟我出了门，我们一起向山路走去。

沙沙地踩着残破的叶子，耳边是鸟儿尖锐饥渴的鸣叫。

雪是大自然进行的一项残酷游戏。它以洁白的方式，藏起了鸟儿的口粮。枯干尖硬槐荚，滑过喜鹊焦急的喉咙。王皓雯一声不响地走在我的身边，我们的眼睛，一起注视着这些在寒冷的雪天之后，急促飞过的小鸟，仿佛聆听着它们在困境中的宣言。

这样走了20多分钟后，王皓雯终于吁出了一口长气，她说："休息一会儿吧，我给你讲个事儿。"

我们找了一块干净的大石头，坐了下来。她把自己的两手放在腿上，就像小女孩儿似的，掰着手指头。她又长长地出了一口气，这才说：

"我来这里的第二天，一大早醒来，浑身就像是被钢针扎了一夜似的，特别的疼，是那种尖疼尖疼的感觉。别说爬不起来，就是翻个身都不行。我就想，是床有问题，还是感冒了，怎么人就像是动手术，打了全麻一样。我特别害怕，开始还默默地流眼泪，一两个小时后，浑身差不多就没任何知觉了。动手指，动脚趾，我都完全感觉不到了。我就想，天哪，我不会死在这里吧，我得赶紧喊人来。于是就扯起了嗓子，刚开始，嗓子眼儿声音也出不来，就好像喉咙的肌肉也麻痹了。我慌了，就对自己说，千万别急，一点点开始喊，声音会出来的。接着，我就发出声来。护院的老头姓李，我先是小声叫，李大爷，李大爷。没声儿，别说他听不见，我都听不清。接着，我又叫，李大爷，李大爷。这会儿，声音就大多了。我一遍遍喊，等喊到声音足够大时，李大爷没来，我自己可以坐起来了。"

她看看我，见我只是凝神听着，就问我："你信不？很奇怪的感觉。当时坐起来，下地，穿衣服，穿鞋，然后伸开手指，端了脸盆，出去接水刷牙洗脸，一直晕乎乎的。脑子里就想，会不会不小心，就会一跟头栽倒，再也起不来了？可能是太担心了，身上针扎的感觉竟也没有了。待回到房间里，吃饭喝水，身体似乎已经没事了，一直到今天。

不过，这几天我一直在想，我那天上午到底是怎么了。我要是不喊，会不会就此成了植物人？医学上似乎有这种突然遭遇不幸，身体机能发生

变故的事情，但我还真是头一次见，而且就在自己身体上感受到了。这是件挺可怕的事情，随着身体渐渐恢复了正常，我却发现自己的脑子，又要处于那种麻痹的状态了。常常坐四五个钟头，脑子里都是空空如也。什么也没有，什么也不记得了，就好像成了个行尸走肉似的。我感觉太恐惧了，心想一定是自己这么发呆发的。得叫人来陪陪我，除了你，我叫谁来也不放心。我得让我的脑子从半昏死的状态中活过来。虽然这事，更应该找一个心理医生来解决，可是特殊时期，我只能找你。"

我见她那么紧张，也就一本正经地跟她开玩笑："来，伸手出来搭个脉。"

她竟真的将胳膊给了我。

我装模作样地号脉，又让她吐舌苔来看，待我竖起食指，让她将眼睛对一起，跟着我指头转时，她才终于明白我是在逗她。破涕为笑，打了我一拳头："你拿我开心。"

我才没有，我说。拉她站了起来。

"我们来比赛爬山吧，我让着你，数一百下后，我再开始爬。等到了山顶，我保证让你从身到心，都能活过来。"

她摇摇头，并不以为然："你就逗我吧。"

说着，转身走到了前面。

她脚步缓慢，没有一点精神。我不管她了，径直跑到了她的前头，鼓足口气，头也不回地向上爬起来。

山并不高，只是封山后，路有点难走了。

我们只能爬到不远的一个山头，再远再高的路，是不许人再进去的。半个小时后，我已经站在了一片山顶上，远望过去，说不出的辽阔和空灵。天那么湛蓝，阳光那么透彻，即便是落光了树叶的树木，也干净、疏朗、充满了庄严静穆之美。

我双手合拢，放在嘴边，冲着对面起伏连绵的其他山头，大喊了一声："啊——"

无数小鸟，被这突兀的叫声，惊起了，煽动着翅膀，绕着山头飞了起来。

第二十一章
喊山

我的喊声还没停,身后就响起了清脆的女声:"啊——"

是王皓雯,我惊喜地转过身去,看见她站在还有我几百米远的坡道上,也将手放拢在了嘴边,脸上汗水淋漓的,眼睛望着我,嘴边带着笑意。

我不说话,转过身,又举起手做喇叭状,再次大喊起来:"啊——"

"啊——"

"啊——"

"啊——"

回音是这样的清晰,鸟儿一圈一圈地在空中打着转儿。它们也兴奋了,不知道发生了什么。等到王皓雯重新站到我的跟前时,我们两个人,数完"一、二、三",一起发出了大喊。

"啊——""啊——""啊——"

心肺通透,大汗泗湿,太阳当空,有着冬日少有的暖意。

我突然发现,王皓雯满脸都是眼泪,她哭着、喊着,弯下了腰,使出全身的力气:"啊——啊——啊——啊——"

第二十二章
出外靠朋友

第二十二章
出外靠朋友

20岁以前，我生活的主要内容，就是上学和读书。我父母都是平凡的小知识分子，对孩子的唯一要求，就是今后能自己管好自己。

他们没有更多的能力来助我升官发财，所以我从小到大，听到的他们对我说的最多的话就是，好好读书，我们什么也帮不了你。

这样的话，让我常常感到很气馁。虽然我意识到，这是真话，但有时候，想到自己会孤独地走向社会，跌爬滚打都只能一个人忍受着，心里未免就会有些悲凉。

不知道这是不是造成我性格比较内向的原因，因为听多了这样的话，我不免会想，既然父母都不能帮你，朋友或是他人，岂不更难。

待人处事，我难免有点儿孤僻，别人会说是清高，岂不知也是一种胆怯。

那是1992年春天，我在医学院读临床专业的一年级，我当时需要克服一个特别大的心理问题，就是解剖课。

每次上解剖课，我都会好几天吃不了饭。到后来，我干脆装作指头破了，缠上绷带，那样就无法下刀了。因为尸体并不多，好几个人才能用一个，其他同学自然求之不得，但对我来说，却苦恼得不得了。我甚至开始怀疑，自己是否选错了专业。

到后来，只要是上解剖课，我就想办法逃课。我的老师发现了我这个问题，他不知道拿我怎么办，放任我逃课，显然不合适，但是强迫我去做解剖，又无法面对脸色苍白、头冒虚汗、动辄就会昏眩的我。

于是，他跟我商量，让我解剖课时，可以不用去解剖室，但前提是，我必须每周的周末去医院实习，当见习大夫。

他给我推荐的所谓医院，其实是家私人开的小诊所。当时私人诊所，业务基本是打针开药，一般的手术，除了人流或是放环，其他都做得极少。

所以那时，当我的同学们还在学组织胚胎学时，我已经接触到了妇产科的临床。我不知道老师是怎么对诊所的大夫交代的，总之，他们有手术做，就必须让我在旁边待着。

以至刚来的第一天上午，我就参与了一起流产手术。

我记得那天下了雨，是软绵绵的春雨。我有些伤感，为自己遭受这样

女发言人

的事情。我好像跨进了另一个奇怪的世界,和我平时所熟悉的活生生的世界大不相同。

后来我肚子疼了起来,一脸愁容。带我实习的那个中年女医生就冷着脸,对一个进进出出、给病人扎针的护士姑娘说:"你教他做点事吧,让他帮你干活儿!"

那个小护士,正是王皓雯。那也是我第一次见到她。比起现在,她那时看着年轻、可爱,却远远没有如今漂亮和有气质。

她甚至土里土气的,最多只能说是五官端正。

她穿着紫色灯芯绒的小外套,露出姜黄色的毛衣领子来,下身是条牛仔裤,黑皮鞋。头发长长的,扎着规规矩矩的马尾巴。外面套着件白大褂。她对我咧嘴一笑,眼睛眯成了一条缝。

我跟在她后面,看她给病人打针、输液扎针,她见我手足无措,就叫我帮她端针盒、递酒精、举输液架。这中间,偶有得闲,她就见缝插针地问我这些问题:

"你叫什么?"

"你多大了?"

"你家在哪里?"

"你父母干什么的?"

"你有兄弟姐妹吗?"

"你为什么来这里?"

"你喜欢当医生吗?"

"你都爱看什么书?"

"你有女朋友吗?"

……

她不仅不怕麻烦和啰唆,也不怕探人隐私不礼貌。她只顾着一路追问,根本不顾及我愿不愿意回答。

现在想想,那画面一定挺让人奇怪,我一边跟着她,一边支支吾吾回答她的问题。虽然我觉得她很不懂事,可是另一方面,我的父母没有教会我怎样抗拒别人的提问。

第二十二章
出外靠朋友

结果是，她想知道的事情，她全知道了。可我对她却还是一无所知。

一直到我们谈恋爱，我依然不好意思张嘴问她的私事。

王皓雯那时比现在要胖，也更孩子气一些。她知道我是因为怕上解剖课，才被老师赶到这里来的，不由笑弯了腰。"那你还怎么做医生哟，"她说，"在家靠父母，出门靠朋友，这样吧，这件事，就包在我身上了，我一定会帮你的。"

这是我第一次听到一个活生生的人对我拍着胸脯说在家靠父母，出门靠朋友的话，以前只在书本上看过，而且一直觉得这话是闯江湖的人说的，并没有特别的好感。

现在是个女生在对我说，让我对这个世界突然产生了一种很奇妙的欣喜感。父母好多年给我的那种压力，突然变小了很多。我的胆子，似乎陡然都大了起来。

但我并不觉得她真的能帮我什么，她是个女孩儿，又比我小，而且，她只上过护校，并没有接触过尸体解剖课，她怎么帮我呢。

"你别管，到时候我叫你。"

这女孩儿，身上有种说不来的豪爽气，还是蛮吸引我的。

我可以拿她当哥们儿，却从未想过会更进一步。

因为，从青春期开始，我想象中的梦中情人，就是林黛玉那样的，娇气、漂亮、瘦弱、情调分分的，和王皓雯这样的女孩子，是一点不沾边的。但她这样的女生，却比较好处，而且，就因为那个女医生交代了让她关照我，她理所当然就拿自己当了老大，随时都要罩着我。

中午吃饭时，她告诉我，诊所有小食堂，吃饭不要钱。可是我没有带饭盒，她立刻将自己的饭盒拿出来，先给我盛了一份，让我吃。我说，那你呢。

"等你吃完我再吃。"

哎哟，这么朴实这么爽快这么大方的女孩子，真让我感动。我当然不能这样做，我让她吃，自己跑到外面去买了碗面。一边吃着面，我一边想着她那个样子，不由哈哈笑了起来。一早上郁闷的情绪，都没了。

从这以后，我在诊所的日子，因为有了王皓雯，显然不再那么郁闷了。

女发言人

她开朗、自然、大方，很多时候，还颇有些男子气。

她这么劝我："流产其实就是划拉伤口，人身上难免会有破的时候，这个道理其实是一样的。"

我跟她嘟囔："我连女朋友都没有谈过呢。"

她嘲笑我："难道需要大夫抱着你看吗？你可真够娇气的。"

她这么说我，我可不爱听。我说，那换了让你看给男的做前列腺手术，你干啊？

她脸红了，不回答，光冲我吐舌头。

那会儿我们多年轻啊，心里没有负担，即便有负担，也会像沾上的灰尘，只要轻轻一吹，就没了。

第二十三章
王大胆儿

女发言人

有一天,王皓雯突然对我说,你不是怕解剖吗,我带你去熟悉一下尸体,保证帮你解决这个心理问题。

我一个激灵,听她这么轻描淡写地说尸体,我简直要吓个半死。

我说你开玩笑呢吧,还熟悉熟悉尸体,你是要带我去阴曹地府啊?

她冲我肩头轻轻一敲,颇为得意地笑着说:"就是,咋啦?"

那时的她,脸上就有这样的神奇之处。一旦绽放出笑容,顿时就能神采飞扬。但那时,她没有现在性感的气质,一点也没有。她笑起来时,最多只能说还算好看,可并不迷人。

我当她是玩笑,她却头一点,说是真的就是真的,有什么玩笑好开的?

到了傍晚,她就拉住我,要跟着我一起回医学院。我当她是想来学校里玩,可走到了宿舍和教学楼的岔路口,她却向教学楼的方向走去。

"你来还是不来?不珍惜这样的机会,难道你永远不上解剖课?"

她的话直中要害,我知道我无从逃避,总在诊所混日子,肯定不是长久之计。

她直接按下电梯,去地下室。

我知道,解剖室的确在地下那层。

她见我脸色煞白,不禁站住,颇为惊讶地望着我:"你是真的怕死人啊。"

我点点头。

她拍拍我肩膀,体谅地说:"那你先去解剖室,一会儿会有尸体送过来,我再陪你看。你得克服掉这个心理,其实只要安安静静地,面对他们一次,那种恐惧,就会消失了。"

解剖室虽是重地,管理却甚为疏懒。因为勤杂工也知道,没人愿意来这里玩。门一推,就能进去,装在器皿里的器官,衬着玻璃,发出青灰的光泽来。

开了日光灯,灯光照在冰冷冷的不锈钢解剖台面上,我的心跳又加快了。

等一扭身,王皓雯却不在我身后了,不知道去了哪里。

第二十三章
王大胆儿

因是周末，地下室一层都没有人。我壮着胆子，在空荡荡的房间里吼了一嗓子。就听见回声，传到了外面的走廊上。

我怪叫，一边也给自己壮胆："王皓雯，王皓雯，你在哪里，你在哪里？高山回答，她刚离去，她刚离去……"

"奶奶个腿儿，周芥平，你才刚离去呢。"

铿锵有力的声音，从隔壁的房间里传出来。

就听见还伴有沉闷的啪啪声。

我探出头，听声音是解剖室旁边房间里发出的。是扇双开的大铁门，我从不知道那里面是干什么的。

走出去，悄悄推推门。吱吱扭扭，门居然开了。

豁然映入眼帘的，是房间正中的一个大水泥池子。最少长宽各有五六米，旁边还放着一个小三轮的手推车，王皓雯正跟一个30岁左右的男人，在池子里搅和着什么。

见我进去，她冲我喊："出去出去，快出去。"

刺鼻的味道和说不出的诡秘，让我三步并做两步地跑到了跟前。

顿时吓得魂飞魄散。偌大的池子里，竟然装着好几具尸体。有男有女，有老有少。无一例外的，脚后跟在灯光下，惨白死灰，触目惊心。王皓雯和那个男人，各自手里拿着根棍子，在里面拨拉着。

我顿时站不住了，就感觉整个人不由自主要往池子里栽。那个男人放下手里的棍子，一把将我拉住了。可他的手让我害怕，我躲闪不及，一个趔趄，半个身子又差点进了池子。

王皓雯伸出手里的棍，一把将我挑住了。

这个感觉太难受了，我不知道该怎么形容才好。眼泪、鼻涕、口水、小便，就觉得控制不住地，一股脑儿要往外涌。两腿发软，站都站不住。这时王皓雯咣当一声，扔了手里的棍子，走了过来，拖住我就往外走。

"叫你别进来别进来，你有毛病啊。没看见外面写着闲人免进啊。"

"你才是闲人。"我嘟囔着。

"这工夫还嘴硬，"她哈哈笑了起来，又凑到我跟前，一脸地不怀好意："尿裤子了吧？"

我突然闻到了她手上浓烈的福尔马林味儿，我一把将她推搡开来。我说："你这是在干什么呢？"

"帮你啊，"她大大咧咧地说，"明天你们不是有解剖课吗，头天晚上要准备尸体，编号，换溶液。刚才那位大哥，是我老乡，正好在你们学校的解剖室做勤杂。所以今天特意带你来看看的。你咋了，真跟见了鬼似的。"

"你在那里搅和什么。"

"我帮他啊，想从那里拿出一具尸体，运到解剖室来，给你看看呢。"

我想起放在旁边的三轮小推车，肯定那车是用来推尸体的。不由鸡皮疙瘩起了一身。

她站在我边上，看我的反应。我心里烦躁得要命，又怕又急，突然站起身就想跑。却被她一把给拦腰抱住了。

"哪里跑，还反了你啦！"

在一个姑娘面前，这么露怯，真是一件丢人得不能再丢人的事情了。

最可怕的是，这姑娘还是个疯丫头，就听得王皓雯一边拉我，一边哈哈笑个不停。我终于不跑了，站住，恼羞成怒地冲她发脾气："你到底要怎样！"

她也撒了手，歪着头看我，眼睛里全是调皮："想看你出洋相呗。"

我累了，最初的慌乱过后，终于意识到逃跑是解决不了问题的。长吁口气，问王皓雯："要我干点什么吗？"

"你还是去解剖室等着吧，等尸体搬到解剖台上，你再过来看，就会好多的。"

"不！"我的犟劲也上来了，既然刚才什么都已看到了，这阵还去解剖室干什么。

我说我去跟你们搬尸体吧。

她看看我，眼睛里都是笑意。接着，头一甩，说，走吧。

说真的，写到这里，我也在想，为什么要把一段青年男女纯真而轻松的友情，放在停尸房里开始呢？这实在是太煞风景了是不是？

可是当时的情况，确实就是如此。谁叫我是医学院的学生呢。我也希

第二十三章
王大胆儿

望我能是学艺术的,那么我和王皓雯激烈的"抱团",不就可以在裸体模特的展示台上了吗?

紧接着,我都干了些什么,我已经记不大清楚了。

只知道编好号的尸体,要运送到解剖室的那几张解剖台上去。做勤杂的大哥,并不多语,仿佛和尸体打交道时间长了,语言功能也就退化了。他指挥着我们拿号牌过来,又自己亲自跳下去,将要解剖的尸体,搬到小车上。尸体刚从溶液里取出来,四肢并不很硬。我一遍遍控制住向上反的呕吐感,等到了运送第四具尸体的时候,我终于可以做到面不改色心不跳了。

一直在观察我的王皓雯,松了口气。长时间不说话,她可能都憋坏了,见我动作从容脸部肌肉放松了,立刻冲我举大拇指,说:"笑一笑就更好了。"

我骂她:"你当这是拍照呢!"

克服恐惧的过程很难形容。但一旦觉得不怕了,就会发现之前的所有不安,都非常可笑,甚至不解。到底我在怕什么呢,后来我无数次地对着解剖台上的尸体,这么问自己,是怕他们会跳起来揍我吗,还是怕他们会将我拉入冥府,或者,只是怕死这个概念?

感觉不怕的时候,就发现之前所有怕的那些理由,都不再是理由了。

等十几个解剖台上的尸体都一一放好后,王皓雯鼓励我再去自己观察观察时,我一口拒绝了。还有什么好看的,难道还没看够吗?我大不咧咧地说她,同时像一个老医生一样,摘下橡皮手套,满不在乎地说:"关门,吃饭!"

王皓雯吃惊地看着我,脸上带着坏坏的笑:"吃红烧肉吗?"

果真,我的勇敢,还远远没有上升到红烧肉的高度,她话音刚落,我顿时又想吐了。这次我丝毫没有客气,就冲她挥起了拳头,我说:"我今天不揍你,我就不是人。"

她一扭身,就跑出了大门。嘴里还大声唱着歌,你说你犯了不该犯的错,心中满是悔恨,梦醒时分什么的。

发言人

第二天一早，我比谁都早到解剖室，而且占据了最有利的位置，各类解剖刀具，准备齐全。老师见到我胸有成竹的样子，不由也有些吃惊，跟我开玩笑："哟，一看就是深造过的！很老练嘛。"

我再也不用去诊所看人流手术了，这让我挺高兴。而且，最主要的是，从第一天解剖人体开始，我突然发现自己有一双非同寻常的手，它们准确、精到、柔软、细致，它们游走在各种器官中间时，仿佛不是受我大脑的支配，而是自己本身就有明确的思路和方法。我的老师一边看着我，一边赞叹不已："你将是个天生的外科大夫。"

也是从那刻起，我选择了我日后的工作方向，是的，我将成为一个外科大夫，而且我将会是一个很好的外科大夫。

明确人生方向的喜悦感，是无法用言语来表达的，这让我在一段时间里，感到整个人都焕发了另类的神采。我不再对世界充满恐惧，也不再动不动就厌恶和什么人打交道。我想到今后要从事一个很有意思的工作，我将每天都接触到很多不同的病人。对外科职业的憧憬，令我心里充满了快乐，对课程的学习也兴味盎然。

这一切，我当然都应该感谢一个人，那就是王皓雯。

可是直到夏天，快放暑假时，我才再次去那个诊所看她。

第二十四章
红裙子 黑皮鞋

女发言人

不是因为想她了,甚至也不是因为要去感谢她。那个年龄的我,和很多年轻人一样,以为别人对你好,都是理所当然的。我去看王皓雯,原因很简单,只是因为放假,要参加同学聚会,又没有女伴,只好临时拉她凑数。

从那次解剖室她唱着歌,跟我分了手后,我就再也没有见过她了。因为我没有再去过那个诊所,而那里无论和我家,还是学校,都是相反的方向。而且,那时电话也不普及,她那个诊所唯一的一部电话,放在院长的办公桌上。我是学生,更是不会有打电话的机会。

就像那个年代很多很容易就走散了的人一样,我以为我和王皓雯,从此就再也不会联系了。

没想到,有了这样一个机会,而且,让我突然想起了她来。

班费剩了一些,同学们要搞聚会,想着法子热闹热闹。吃饭是肯定的,可是吃完饭呢?

那时没有卡拉OK歌舞厅,或者即使有,也没有现在这么普及。但是很多电影院,都会辟出一块空地,用来做舞厅。我们学校旁边的电影院里就有这样的舞厅,有彩灯、有音响,票价还很便宜,拿学生证的话,五毛钱就可以。

于是就有人说,吃完饭,我们去跳舞!

跳舞是要带舞伴的啊。我放眼望去,班上女生本来就不多,而且大多都有了男朋友。看看她们吧,不仅漂亮,而且都很高傲。这让我颇为心虚,我心想,如果她们不愿意跟我跳舞,那我不是很尴尬?

看出来了吧,年轻时的我,真的很不老练,也很不成熟。面子薄,胆子小,还不懂幽默。我对自己一点信心也没有。

我开始琢磨,怎样才能在跳舞的时候,可以不用从头到尾地坐在座位上?

我就去找王皓雯了。

她居然还在那个小诊所里——那时私人诊所还很不规范,不仅医护人员流动频繁,就是诊所也动不动就被关门停业。

她正在给病人打针,头发盘起来了,也不知道是发型变了的原因,还

第二十四章
红裙子 黑皮鞋

是别的什么，我感觉她瘦了好多。

我一跨进诊所的门，就叫她名："王皓雯。"

她一个激灵，好像我吓着她了似的，手里的针都差点掉地上去。

我就说："原来你在想心事！"

她直起腰，见是我，竟然脸红起来。这让我也有了紧张。按理说，我们有过地下室那么恐怖痛苦的经历，和脸红应该搭不上界，脸色苍白才对啊。

我就跟她说，你脸不白红什么呀？

她瞪我一眼，不爱答理我的样子，没有说话。

唉，总之那时的我，真是个傻小子，我什么都不知道，也什么都看不出来。我只是想，哦，她这样的表情，肯定是生我的气了。女生嘛，就是这样小心眼儿。

在她面前，我是超级放松的。除了她性格比较好以外，最主要的，我想我还是在心里不大看得起她。她学历低，家庭条件差，我从没想过自己和一个来自农村的丫头片子会有什么关联。

这也是为什么我可以在她面前，完全展示出自己好或不好的原因吧。

没有企图，自然没有担心。

我哄她，说自己一直忙着上解剖课呢，从那以后，地下室的停尸房，我就承包了。我每天晚上都去搅和尸体，可好玩呢。她听我这么说着，不由就笑了起来。

我又问她："你咋瘦了？"

她脱口而出："想你想的呗。"

这么直爽的话，我当然只能拿来当玩笑了。

我们东拉西扯了一会儿，我就邀请她跟我去跳舞。我说同学聚会要跳舞，我得带个女伴去，否则没人跟我跳，我可就太尴尬了。

"那你怎么跟大家介绍我呀？"

"就说是女朋友，反正也是临时的。"

"临时的我不去。"她眼睛看着我，怪厉害的样子。

"那我就不跟他们说临时的，你去不？"

"可你心里还是拿我当临时的,对不对?"

这小丫头,有时候可真能堵人。我见她是要跟我对着干了,就大声说:"那就不当临时工,正式工!"

正说着,诊所的院长出来了。也就是那个带我看人流的中年女大夫,她当然不愿意我在王皓雯上班的时候来跟她聊天了,她要赶我走,而且,她竟做出根本不认识我的样子来。口气严厉地对王皓雯说:"笑那么浪干什么,这是工作时间!"

我知道我错了,赶紧起立准备离开。匆忙告诉她时间和地点:"晚上6点,我在校门口等你。"

等我重新到了学校,才意识到自己跟王皓雯说错了。6点是聚餐的时间,并不是跳舞的时间。可是聚餐,是全班的活动,并不能带外人来。我想我还得再跑回去跟她说一声,让她晚点来才对,可是,我又想,这样不是太麻烦了吗?

大不了,到时候我陪她出去吃饭就好了。

到了傍晚,我去校门口接她,她已经亭亭玉立地站在那里了。我竟猛地没有认出她来,她打扮得实在是太花哨了。真让我感到……有点说不出的滋味。

穿了一身大红的连衣裙,事实是,她的气质,并不适合穿大红色。这让她看起来更像一个村妞了。而且,头上还戴了一个颇宽的蛋青色的发箍,脚上穿着一双黑色的皮鞋。

化了妆、擦了粉,还擦了胭脂和口红。她最少将这场五角钱的舞会,想象成了50元钱的派对。我当时心里就一咯噔,身边走过的很多女学生,大多穿着白色或小格子的布裙,很少有她这么扎眼的。

她一点也没有意识到自己穿得有多么突兀,见到我出来,特别高兴地就迎了上来。"哎呀,我来早了,等了半个小时了。"

她那么兴奋,我不知道该怎么办了。让她回去换衣服,显然不现实,抓紧时间给她买一套新的去,显然太荒唐了。我真不知道该拿这么扎眼的女孩儿怎么办,只好先请她一起去吃饭。

正在路上,却碰见了我的同学,扯着嗓子叫我:"走吧,一起去食堂,

第二十四章
红裙子 黑皮鞋

听说还有酒呢。"

我嗫嚅，我说我还有朋友，就不去食堂吃了。

我的同学对我挤眉弄眼，一副心领神会的样子。

王皓雯立刻猜出了情况，大声说："你不用管我，你去食堂吃吧，然后我们约个地方，我来找你就行了。"

她这话，无疑对我是个大解脱。我真是要感谢她爽快大度的性格。既然她这么说了，我就不用再陪着她了。可是我还是要问问她，她的晚饭怎么解决。

"你不用管我，到时候我去舞厅找你就行了。"

说着，她并不给我啰唆的机会，一扭身，迈开大步就走了。

食堂的班级聚餐很热闹，说说笑笑间，两个小时过去了。终于有人提议吃饱喝足，该进行下一个项目了。我才突然想起王皓雯，我都快要将她忘记了，这么漫长的两个小时，她都在干什么呢？

急急忙忙地去了舞厅，里面已经有不少人了。我装腔作势地沿着外围兜圈子，看似漫不经心在找座位，其实是在找王皓雯。我的不少同学，三下五除二地跑下舞池去跳舞了，还有一些自觉爹不疼娘不爱的，乖乖找了张椅子，已经就地坐倒了。

我正在发愁，下一步该怎么办，肩膀上就被人拍了一巴掌。随后耳边响起王皓雯清脆的声音："还在找谁呢？"

她这声音和巴掌，来得太及时了，我真是一阵快活，要高兴得昏过去。但更令人快活的事，竟然是我发现她换了衣服。

和我们学校里的很多女孩儿一样，她穿上了白色的、素净的泡泡纱连衣裙，小圆领，直到胸部，都是几个扣子。她把头发放了下来，整整齐齐地披在肩头。洗去了脸上的化妆，只淡淡地抹了点口红。虽然鞋子还没来得及换，但看起来，已经是清水出芙蓉，说不出的干净和清爽了。

我吃惊地瞪大了眼睛，这意外之喜，让我心慌乱得怦怦直跳。我想她为什么会换了衣服，又为什么会含着这样的笑意望着我？

"你，你，你，吃了吗？"我脱口而出的，却是这样一句话。

"你都是在舞厅跟人这么打招呼吗？"她取笑我。

"你什么时候到的?"

"来了好一会儿了,我在洗手间忙着换装呢。怎么样,现在不奇怪了吧?"

"先头那件红色的,也挺好的。"

"嚯,不说老实话。你要这样说,我可跑进去再换上了啊?"

这回,轮到我脸红了。"别换了,这样挺好的。"

"你以为你那个难受样子,我没有看出来呀?那表情,那声调,恨不得赶紧将我赶回去呢,我心里全都明白,你是嫌我打扮得太俗气了。你这人低调嘛,最怕被人注意到。"

她撇着嘴说我,我心里也很快活。

第一次,没有了想跟她斗嘴的愿望。而且男人就是这么一种虚荣的动物,当身边有这么漂亮、清秀、出众的一个女孩儿时,你脑子里想的就只有怎么对她献殷勤了。

王皓雯这一晚,让我看到了她的另一面,原来她也可以心细如丝,洞察世事。她的体贴和善解人意,让我心里说不出的欢喜和感动。那晚的舞会,自是一篇华彩乐章,每一寸每一厘米,都妥帖得无从言表。

舞会结束后,我送她回去。在门口,拉住她的手,握了又握,舍不得放掉。

她呢,只是笑着低头不语。

就差那层窗户纸啦!

回到宿舍,时间已晚,顾不得听同宿舍的人兴奋地说东说西,我一骨碌翻身上床,就着月光,想着王皓雯光洁清秀的那张脸,不禁美滋滋地笑了起来。

第二十五章
爱情的鞭子

那天舞会结束后，王皓雯就像一粒种子，在我的心里发了芽。

我开始琢磨着怎么给这棵幼苗浇浇水，除除草。这之前我没有一点点恋爱的经验，只是会蒙着头想象一下和女孩儿怎么说话，怎么亲吻。但事到临头，才发现那些想象，一点意义都没有。

可是为什么，我竟然真的会喜欢上王皓雯这样的女孩子？她没有一点点符合我对女友的想象。我希望的她，是矜持、高傲、漂亮、出众的、学历高、家世好，就像一个公主似的。但王皓雯，明摆着，无论从哪方面说，都是山药蛋派的。

但我就是开始想她了，每次想到她，心里都特别高兴，老是想哈哈大笑。想她大摇大摆地带我去看尸体，我吓得要跑，她拦腰将我抱住。

这丫头，劲还挺大的！又想我去诊所看她，她一哆嗦，差点把针掉到了地上。她说她想我了，这话是真的吧？

对，我就拿这句话当借口，再去找她一回！

可是，摇摇晃晃坐了十几站路，到了她的诊所门口，脚却怎么也迈不进去了。我站在马路对面，藏在一棵树后面，偷偷向玻璃那边张望。玻璃窗反光，什么也看不清，偶尔有个穿白大褂的，在里面一晃，也分不清到底是不是她。

我的样子偷偷摸摸、怪里怪气，路过的人都回过头来看我。我只好买了瓶饮料，一边喝，一边在马路边走来走去，仿佛偷看也需要道具。

正在左右为难，琢磨怎么进去跟她说话才能显得更自然，就见诊所的小门呼啦一下，拉开了，从里面走出来一个白大褂，风风火火地，连来往的车都顾不上看，直接就过了马路。

我大惊，不是王皓雯，还会是谁？

躲明显是来不及了，可慌乱之中，我还是学习鸵鸟，赶紧将头藏在树干后面。正在惊慌，脖领子已经被揪住了，王皓雯对着我耳朵大喊："好啊你小子，会偷窥啦！"

我连忙求饶，又辩解："不是不是，谁偷窥你啦。"

"那你偷窥谁？莫非是张医生？好咧，那你等着，我去叫张医生来！"

她说的张医生，就是带我看人流的中年妇女。

第二十五章
爱情的鞭子

我当然不能承认，见她一扭身，竟冲诊所的玻璃打起了手势，我立马吓了个半死，赶紧攥住她的手。她向上举，我也跟着向上举，我们的姿势，说不出的可笑，就像跳舞。她终于忍不住了，后退一步，哈哈大笑，弯下了腰，眼泪都笑了出来。

不知道该怎么形容这段日子的快乐，王皓雯像个精灵，常常逗得我乐不可支，又洋相百出。我们就像两个小孩子，乐在其中，又沉迷难拔。

恋爱的开始阶段，可能都是这样吧。一日不见，如隔三秋。她的声音开始和她的微笑一样，让我念念不忘了，一直到有一天，我开始想念她的味道，她不说话时，也有的那种气味。我终于意识到，我可能是真的爱上她了。

但最快乐、最朴实、最自然的那个阶段，也突然的随着爱情的到来，就消失了。好像爱情注定就得是悠远、深刻的，为了在我们的心里留下痕迹，注定还要有那么一些疼痛。

幸福的爱情，都是相似的，不幸的爱情各有各的不幸。

快乐的日子，总是不能长久。而年轻时的我们，又有谁甘愿平淡平凡甚或卑微呢？

最初的不快，来自王皓雯的工作。她如果留在江中，就注定只能做打工妹，在不同的私人诊所里，做临时的护士。20世纪90年代中期，我们医学院毕业的学生，如果家里没有够硬的关系，都已经没法留在市里的医院了，何况她学护士的。当她开始跟我讨论工作的事，想留在江中的事，或是想跟我有更长更远的未来的事情的时候，我突然意识到，我们的爱情面临难题了。

爱情难题，很多时候，就像侵入人体的病毒，你不知道它什么时候开始，就会扩展、会延伸、会带来致命的那一击。但你会晓得，你的心情，开始感冒，开始伤风，开始不舒服了。这不是喝点开水吃点药片就能解决的问题，它长久地占据着你的心灵，在和风细雨、阳光明媚的时候，也会突然让你打一个喷嚏。

恋爱半年后，我时不时地会想到我和王皓雯的将来，现在我知道，我想得太早了，这样的事，应该等到结婚前再去考虑。但那时我以为，不想

这些，就对不起她。

女人常常会觉得在恋爱中会有委屈，殊不知男人也有其沉重的一面，从两人一确立了恋爱关系，男人就背负上了责任的重担。他的爱情，不单单只是爱情，还有想要让对方幸福的责任。

字面上的爱情，迷人美丽，生活中的爱情，却往往只是抽打人心灵的长鞭。它冷酷、丑陋、无情，若不幸被它打中了，就逃不掉痉挛、疼痛以及随之而来的窒息。

王皓雯的未来，我自然没有能力去帮助。我的父母，连我的忙都帮不上，何况她呢？但我还是不死心，我想无论怎样，如果他们喜欢上她的话，那看在儿子的份儿上，他们总会帮她想想办法的吧。

对王皓雯说出带她去见我的父母，是一件确实难以启齿的话，不仅对她，对我的父母，我也觉得很难说出来。

可能潜意识里，我是个并不那么情愿长大的男人吧，总希望自己和周围人的关系，能像中学生似的，干干净净，简简单单。

一扯到家庭，立刻婆婆妈妈，乱七八糟。所以，虽然王皓雯在我的耳边说了好多次，我脑子里也想了好几回，可怎么也开不了口说出来。

直到有个周末，我母亲忍不住，主动问起了我。

以前没有王皓雯时，我每周五的晚上，都会毫不犹豫地回家。甚至每周课少的时候，也会溜回家里去。但现在却很少回了，有时候一两周都不回家一次，零花钱却越要越多了。母亲怕是猜到了什么，她特别留心观察我对镜梳头，或是换衣服什么的，她脸上带着诡秘的笑容，仿佛看穿了一切似的。我浑身痒痒，不知道该说点什么才好。

"是有女朋友了吧？"她追着我问，"是你同学？长得好看吗？家是哪里的？"

我说："挺漂亮的，家不在江中。"

"是你的同学？"

"不是。"

"学什么的？"

"也是学医的。"

第二十五章
爱情的鞭子

"家在哪里？"

"阳和的。"

母亲问得这么艰难，已有些不快了。她以为我不愿意多说，岂不知我是有口难言。

"父母是做什么的？"

"她，她家在农村。"

"农村？农村女孩儿也好，至少能干对不对？"

我赶忙点头。我说："她是学护士的。"

母亲不说话了，她可能已经开始后悔问我这些事情了。她心里一定在想，我和这样的女孩子谈恋爱，最多也只能算是恋爱。既然有她不满意的地方，那么不如什么也不多问，反正离结婚还早，何苦问这么仔细。

于是，她轻描淡写地说了一句："不错呀，我儿子会谈恋爱了。要记住，要尊重爱护人家女孩子，懂我的意思吗？"

她看我的眼神，那么意味深长，我当然知道这意味着什么。

事实是，我和王皓雯恋爱近两年，最亲密的接触，也就是亲吻和抚摸。并不是因为我怕母亲会不高兴，而是真心觉得，在一切能确定之前，我绝不能给她带来不好的影响。

我的心里，对未来一样有着无数的不确定感，这也拘束了我的行动。

第二十六章
小家子气

第二十六章
小家子气

母亲问过我之后,我下一个周末,就大着胆子,将王皓雯带到家里去了。我想,既然他们已经知道我在谈女朋友了,那么他们见到她,至少不会大吃一惊吧。

虽然我心里的忐忑,并没有对王皓雯说过,但她似乎对我的不安却很了解。那天她打扮得格外精心,素净整洁又保守,是专门要讨老人喜欢的风格,还买了一些水果,进门就喊我父母,一口一个叔叔阿姨地叫。倒是我的父母,明显不很热情,他们只是说,你是芥平的朋友啊,没怎么听他说过,平时找他的女孩子也多,我们记不清哦。

我心里别扭啊,那个恼火啊,什么时候找我的女孩子多啦?

我一生气,脸上就挂出来了。

王皓雯那么聪明,她哪里会不懂得这意味着什么,但她却比我老练多了,至少能依旧做到喜笑颜开,不动声色。她死气白赖地跟在母亲的后面,一会儿去陪她买菜,一会儿又帮她做事。

吃饭时间到了,母亲摆明了不想留王皓雯吃饭,她可能觉得,如果留她吃饭,就说明我们家接受她了,而且,以后渐渐变成习惯,他们将会控制不住局势。他们想给王皓雯一个下马威,让她知道,他们并不喜欢她。

他们一直对她很冷淡,既不问她的家庭,也不问她的工作。反正一门心思,就是要拿她当我的普通朋友看。

最难受的人,当然是我。

我想拉王皓雯出去,既然父母不愿意接待她,不如我们出去玩好了。王皓雯找了空儿却问我,你对他们说了我是你的女朋友吗?

我说,我当然说过了。

她说,这样吧,你再当着我们大家的面,对他们强调一下,告诉他们,我是你的女朋友。

王皓雯那个年龄,就颇能沉得住气。她不会失态,也不会因为委屈而变脸。她就像什么事都没发生一样,安安静静的,仿佛一直在等待着什么。

她的情绪也感染了我。于是我找了个父母同在的机会,对他们再一次说明,王皓雯是我的女朋友,今天是我特意带她来看望他们的。

我说得这么直接,父母也再不好意思躲避或是漠视了。他们假装才刚

刚反应过来，一起笑着说："哎呀，原来是女朋友，还以为只是一般的朋友呢，都不好意思多问。"

但紧接着发生的一切，让我觉得，不问比问似乎还要更好一些。

因为父母的问题，从一开始，就是要让王皓雯为难的。

"你是芥平的同学吗？也是学医的是不是？女孩子做医生不容易啊，要值班，工作重，压力大，家庭都不好照顾的，真是不如当老师好呢。啊？你是护士？啧啧，护士可就更不容易了，比医生累，钱还赚得少。这么说，你是护校毕业的？只是中专？学历这么低，工作也不好找啊。在私人诊所，那就是打工妹喽，家里父母对这个问题怎么看？他们不反对？难道他们就没想过给你找一份稳定轻松点的工作吗？可以去药材公司呀，或是医药管理局什么的嘛。再不济，也不能在私人诊所给人打工呀，至少可以去找一个正规的医院留下来，那里每年不是也要进很多护士吗？他们没法帮你？啧啧，这可不行。啊？都是农民？哦，农民不容易啊，供一个孩子读书，就已经够辛苦的了。不过话说回来，这个年头，找一份合适的工作，的确很难，我们家芥平以后是要读研究生的，不读就没法留在江中的。我们也都是普通人家，也没有什么关系好找，他自己只能靠自己努力了。对了，既然是芥平的女朋友，见面礼还是要给的，送你200元钱吧，你自己去添置一点衣服好不好？"

……

那天中午，吃饭如同吃药。我不明白，王皓雯怎么还能有那么从容平和的心态，和我的父母继续周旋。

甚至吃完饭，她还不声不响地将锅碗洗了。

后来，我送她回去，走到大街上，我抓住她的手，说："让你受委屈了。"

她笑笑，说："才没有呢，这些不都是意料之中？"

又给我看看肩上背的包："好看吧，我硬问你母亲要来的。那么花哨，她背也不好看，我就说，阿姨你给我吧，这包我背多合适呀。"

我笑了起来，她就有这种举重若轻的能力，能让尴尬的气氛，变得不那么令人难堪。

第二十六章
小家子气

可是等我回到家,父母给我的说法,却是完全另一种。

"这姑娘不行,你不能跟她谈恋爱。(一)她的家庭成长环境,和你相差太远,日后会很容易产生矛盾。(二)她工作极不稳定,不适合结婚生子。(三)她太老道了,和你完全不是一个等级,你控制不住她,你可甘心情愿?(四)贪小便宜,眼光短浅,看见我的包好看,竟主动开口索要。一股小家子气,让人很不喜欢。"

要知道,这还是十好几年以前父母的担忧,未必没有理由。

和王皓雯随后的恋爱,尤其是最后大半年时间里,现实所露出的狰狞表情,让我们感到非常的疲惫。我们都失去了初始的耐心和热情,王皓雯随后还去过我家里好几次,但她已经绝不再提要和我有什么长久未来的话题了。

她甚至会说:"以后无论我在哪里,都忘不了阿姨做的菜呀。"

还说:"有合适的工作机会,我就离开江中了。"

不知道是不是这样的话,让我的父母很宽心,他们的关系,反而比以前处得融洽了。

常常还是会给王皓雯一些东西,母亲不戴的小首饰,不要的手表、BB机、被套、旧毛衣、大衣、风衣、糖果……王皓雯统统收下。

我不快,不喜欢她这样。因为她拿得越多,母亲在我面前,就会说出越是鄙视她的话来。她总是说:"看,小家子气吧!"

我对王皓雯说:"你能不能不要她的东西,显得我们寒酸似的。"

她冲我眨巴眼睛,调皮地笑:"干吗不要,反正我俩也没戏,不如多拿一点是一点。"

虽然她说我们没有未来,比我说得要多,但我其实心里很清楚,我对这段关系,从一开始,就没有她那么投入和向往。对未来,我并没有很多的期待。甚至带她回家,匆忙接受父母的检阅,也是毫无规划、仓促而为的。

在心里,我可能早已知道,那将会是一种什么样的下场吧。

那时,我已经读到三四年级了,岁数大了一些,接触的人也多了一些,

考虑问题,自然也现实了很多。我开始观察我身边的朋友,对找到条件好、学历高、家境也很优越的女友的男生,我们大家都非常羡慕。而且,他本人对这样的关系,也会更有坚持性。他们的未来,似乎栩栩如生地展现在我们的面前,那将是光明、清爽、稳妥和极具现实意义的。

而我和王皓雯,则很可能像歌词里唱的那样:"生活,是一团麻,那也是解不开的小疙瘩呀。"

一年之后,我们的热乎劲,就已经结束了。

我不再会去经常找她了,现在成了她经常来找我。时不时的还带点吃的过来。比起我来,她是工作了的,所以在经济上能更好一些。她给我买衣服、买生活用品。而我,最多请她看看电影。

我不大喜欢她了。

心里再一次出现了林黛玉那样的女生。我觉得自己哄女孩子还是很有一套的,可以让她们破涕为笑。但王皓雯,连尸体都不怕,她还需要我的保护吗?

她太强悍,也太主动了。我渐渐对她从不那么喜欢,到了不喜欢。

加上这时间,又发生了一件大事。

她工作的那家小诊所,突然关门了。

没有了收入,她顿时陷入了经济困境之中。我这才知道,她工作两年,一点钱都没有存下过。她每月只给自己留收入的四分之一,其他的都要寄回家。如果有额外开支,比方给我买件衣服什么的,她就将有两个月任何零花钱都没有。

听她这样说,我当然明白她为什么会成为我母亲口中"贪小便宜"的人。事实是,她跟我约会时,穿的很多衣服,都是临时借的。包括舞会那晚上的红裙子,还有后来的白裙子。

以前她从不对我诉苦,我看到的,全是她快乐自在的一面。我没有想到,她也有窘迫的另一面。

这事发生在我们感情渐淡的时候,我无法想象,如果我们恋爱初期,她遇到此事,又会做出怎样的选择。

她一定不会想到要回老家去吧,而我也一定不会放她走吧?

第二十六章
小家子气

事实上，即便是回县医院的职位，也是她费了很大力气才找到的，人还没去，已被告之，要在五仁乡镇医院待两年。小诊所关闭后两天，她没有告诉我，就回了老家。她是去找关系了，仗着有在江中工作这两年的经验，她被录用了。

她去五仁后，给我写了封信，信里她说：

我只能用这个办法，替自己找回尊严了。

我希望你能记住，这既是我唯一离开你的办法，也将是我唯一再次走近你的办法。

最后问你一遍，我们还能有未来吗？

如果有，我会回到江中。无论做什么，我将都不需要你为我的将来担忧。但是如果你已决定放弃，我就留在这里了。

……

她的信，无疑是最后通牒，但也是给我的最好解脱。

我想，她能回到老家，好处有很多。

一来，她可以照顾到家庭。二来，她将会有一份稳定的工作，然后可以安安稳稳地结婚、生子，过幸福的生活。女人的幸福，不就来自安定吗？三来，我们尴尬的关系，正好可以画上一个句号。四来，既分了手，我可以不用背上沉重的包袱。

好处这么多，我当然会赞同她留在五仁了。但当时，我一点也不明白她说的让我记住的那句话，"这既是我唯一离开你的办法，也将是我唯一再次走近你的办法。"

一直到她差不多8年后，再次到我们医院来进修时，我才明白她这话的意思是什么。可惜，那时我们都已经结婚了。

但这件事情，并没有就此完结。

我有很长时间，依然感到难过。不仅仅是为了王皓雯的离去——那时我已经认清，我们俩之间的性格，并不是很合适。之所以恋爱，很大程度上只是年轻男女迸发出的自然的好感，这好感，和天长地久的婚姻，并没有更多的关系。她太强势，而且身上确实有我所不大喜欢的东西，比方滑

头、占便宜,还有,其实她心胸狭窄,报复心颇重。

我感到难过的,是自己有负罪感。总觉得最后她离开江中,和我关系重大。

间接地,等于是我赶走了她。我没有挽留她,也不打算为她想任何办法,而且,这么长时间里,我一旦意识到我们之间的问题时,就会将她的处境拿出来掂量。似乎我们之间的不合拍或是任何别的什么,都是她的学历、工作、收入、户口等等造成的。

我还有意无意地,对她说出过这些担忧来。

比方结婚后孩子的户口将随母亲啊,比方没有正式工作,就不会有退休金、医疗费等等呀。

事情过去十几年后,现在这些问题,对年轻人来说,都已经不再是很重要的困难了。现在的年轻人,最大的烦恼是房子、是收入。

我有愧疚,正如当今买不起一套房子的男青年一样,只能眼睁睁看着女友离自己远去。之所以对我们爱情的信心不足,除了性格原因,当然和她的处境,也是大有关系的。

我考虑再三,还是觉得王皓雯先解决工作更重要。只有走好了这一步,以后的路才能走得更好。我相信凭她的能力和聪明,她一定能有很好的未来,也会找到属于她的幸福的。

可我没有回她的信,因为我无论说什么,都只是对她的拒绝。

我怕我写信的时候,会流露出别样的感情,那样她就会为此而犹豫——这也恐怕是男人和女人本质上的区别,对男人来说,想要结束一段关系时,即便心里会有不舍,但也不再会拉拉扯扯了。

她就像天上飘走的云一样,就这么从我的生活里消失了。

这让我既吃惊,又难过。我想她可能会跟我再说点什么,或是到江中再来看看我什么的。我们已经习惯了女人就是这么处理情感问题——我没有想到,她会这么干脆、这么利落地,就跟我彻底告别了。

反而是我,开始患得患失了。我为自己的虚伪而痛心,分明是嫌弃她,还要说得冠冕堂皇;分明是不再喜欢她了,却不敢直接告诉她;分明接受过她无私的帮助,却怕被纠缠竟连声好好的谢谢都没有说……在我孤僻、

第二十六章
小家子气

青涩的青春期,她给了我所有的温暖,但我却给了她伤害。

从那以后,一直到毕业两年多,我再也没有谈过恋爱。每次想起这段经历,都让我对感情之事,有种说不出的畏惧。我真怕再次发生这样的事情,因为我和王皓雯,不也有过快乐明晰美好的开始吗?

那时我太年轻,不懂人的感情是会发生变化的。不仅害怕这种变化,还担忧自己无力承受情感的变迁。

她没有再答理我后,我自然而然地想,她一定恨死我了吧。我也不愿意这么对不起她啊,可是还能有什么更好的办法吗?

直到毕业后,我走上了工作岗位——刚工作参加全省医疗系统的业务培训时,我遇到了一个女孩子,她跟我在一个培训小组。我记得她又高又瘦,看起来很是单薄。她告诉我说,她从前上过护校,后来毕业又考上了医学院。

我听她说自己上过护校,不禁注意地问了她一下年级。结果发现,她正好和王皓雯是一级的,于是我装作很巧合地问她,是否认识王皓雯,我曾经见过这个女孩子。

瘦高女一听王皓雯的名字,嘴角就撇了起来。"谁不认识她呀,那个水性杨花、品行不端的女人!"

这样的评价,真是让我大吃一惊,我说她怎么啦,看起来还是蛮可爱蛮天真的嘛。

"哈,那只是她的外表!她是一只披着羊皮的狼。"

瘦高女跟我说这话时,我们正坐在食堂吃饭,她吃饭速度颇快,还能同时伶牙俐齿地攻击王皓雯。我说,她怎么水性杨花、品行不端了?

她说:"我这样说,当然是有根据的啦。第一,水性杨花。我们学校男生很少,个别专业,才会有那么一两个男生,她漂亮、性格也比较开朗,自然有男生和她接近。其中有一个,一直对她特别倾心,她却既不答应人家,也不拒绝人家,总那么吊着那个男生。工作后,男生为她留在江中,到处打工,她却告诉人家,她有男朋友了。第二,品行不端,是说她有偷窃的毛病。毕业前夕,我们宿舍有人丢了20元钱,她不仅偷了,而且藏在我的床铺下面,栽赃于我。"

我在想瘦高女说的话，王皓雯所谓的水性杨花，一定是因为有了我这个新男友。至于她品行不端，并不能算偷钱，只能算是栽赃。因为她并没有将钱装进自己衣兜啊。

她为什么会这样做，肯定有她的理由。

但无论怎样，瘦高女这么说王皓雯后，我内心的愧疚，顿时减轻了很多。

我想，毕竟她这样的女孩子，并不是人人说好的。有人不喜欢她，正好说明我眼光没有错，我放弃她，应该是有道理的。

没有错。

第二十七章
我也被搜索了

  这些对过去往事的回忆,让我从阳和回江中的路上,不再有漫长寂寞之感。

  王皓雯并没有跟我一起回来,但她经过那天的喊山,正像她刚去五仁后,身体从麻痹状态,恢复了知觉一样,她整个人的精神状态,似乎也恢复了很多。

  我劝说她不要随便放弃,尽快回到江中,重新上班。"你看吴淑珍也逃避不了嘛,她还是得出来说清楚嘛。你有什么好躲的?"

  她拿出一张纸,拿起一支笔,让我口述,她则将回到江中的好处写下来。

  于是我说:"一条就足够了,那就是你多年的付出,不用付之东流。你难道真的会轻易放弃吗?"

  她在纸上拿笔写着:"多年付出,多年付出,多年付出。"

  突然地,又抬起头来问我:"那你说说看,我不回去的好处是什么?"

  我说,这个答案只能由你自己来说了。

  她想了想说:"我也一直在想这个事情。我觉得也有好处,那就是我能做回我自己。"

  王皓雯说的做回自己,某种程度上,我想我是明白的。这样的感觉,我也时常会有,尤其当对日常生活中的某些东西,厌倦了疲惫了,甚至愤懑了的时候,像简单生活、善待他人、一生一世、坦荡自由等等诸如此类的感情或渴望,就会像风一样地,吹入人的心房。

  那才是我们真正想要的东西吧,在问了无数遍"我是谁"之后,"我想要什么",终于变成了灵魂的一贴清凉剂。

  我的假期已经到了,必须回到江中去上班了。她却说,还想开车,在附近多转一转,好多年没有机会这么仔细地看看家乡了。

  回到江中,已经傍晚。打开关了两天的手机,刚打通熙娴的电话,就听到她在那边哭了起来。我说你怎么啦,出什么事了?

  她哭哭啼啼地说:"你干的好事,竟然瞒着我,还骗我说去出差。我看你怎么收拾残局吧,现在全世界都知道你和王皓雯有一腿了!"

  此话一出,吓得我心都要从身体里跳出来了。我说你在讲些什么啊,

第二十七章
我也被搜索了

不要这么无中生有好不好？

她冲我喊叫："我无中生有？你自己上网去看！"

打电话时，我已经走到了自己住所的楼下了。她的这一声喊叫，让我的脑子顿时像炸开了锅一样，我脑海里顿时浮现出一个清晰的画面，在阳和车站，我坐在去五仁的班车上，却陡然碰到了那个叫杨子仪的整形医生的眼睛。

难道狗仔队，会从那个时刻起，就将我盯住了？

不会不会，一定有别的原因。我一边气喘吁吁地上楼，一边绞尽脑汁想前因后果。熙娴的口气听上去并不像是开玩笑，明显地，她已经到了忍无可忍的地步。天哪，我是那么的小心，也一直担心自己会陷入这个事件当中，没有想到，还是没有逃脱。

我突然就理解了安接生的做法，她那么迫切地要和刘正大走在一起。此刻的我，也很想能遇到刘正大这样的一个人，至少能和他谈谈是不是？

楼梯上遇到了一两个邻居，平时从不说话的我们，却戛然停住。他们嘴唇翕动着，分明是想说点什么，我不给他们机会，三下两下地，打开了门。

进门立刻先开电脑。

果真，搜索王皓雯三个字后，跃入眼帘的最新大幅标题："王皓雯近日秘会一中年男子，据说是她过去的医院同事。"

文章说，王皓雯正如传说所言，躲在阳和的老家五仁镇。今天下午，有一男子，专程从江中赶来看望她。据说这名男子姓周，是王皓雯曾经在江中医院的同事。

还有一张相片，虽然不很清晰，而且只有一个侧面，但熟悉我的人，一定是能看出那就是我。

这照片，这消息的提供者，除了杨子仪还会有谁？他是不是想钱想疯了，居然要靠出卖新闻来赚钱了？

我的这个想法，很快就被证明是有点犯傻了。杨子仪显然比我想得更长远，也更有心计。因为随后的新闻，很快就有了他的名字。"阳和整形医院院长杨子仪，对记者说，他一直关注着王皓雯这个家乡名人，街头巧

遇周医生,就意识到事情绝不简单。他不禁留意,并且用话试探,果然不出他所料,周医生确实是去看王皓雯的。而且据他估计,周医生此行,也许和王皓雯的政治生命有关。他是去给王皓雯传达什么消息吗?"

呵,他太高估我了!

杨子仪一样也有照片,背景正是他那整形医院的大广告牌,章子怡笑容灿烂,举手搭在眉毛上,极目远眺。

我又气又急,一头扑倒在床上,半天回不过神儿来。

接下来,我该怎么办?如何面对同事,如何面对熙娴?用什么样的话语,来为自己辩解?坚决不承认?可以对同事这么说,但怎么对熙娴说呢?那么索性大方承认,同样要面临怎么对同事和熙娴交代的问题呀。

我开始后悔自己走之前为什么没有对熙娴说清楚,如果她能理解,至少我的困难就能减轻一半。

本来无一事,却惹一身臊。

正在发愁,手机铃声霍然响起。抄起来看,是老朱的。

"你回来了?回来就好,都闹翻天了。你自己知道情况吧?对了,晚上记得要值班哦,你可不能学张齐,要知道逃是逃不掉的。你最好早点过来,我来听你的解释。我们一起想想办法,怎么应对此事。"

不等我说话,啪叽,他先收了机。

凭什么我要对他解释,解释什么?他最想听的,又是什么?男女私情,还是王皓雯的故事?

手机再次响起,号码却是陌生的。我寻思,这两天可能找我的人爆多,大家都想一探究竟。但我怎么也没想到,电话一接通,对方竟是一个口齿伶俐,语速颇快的小伙子。

"我是《×××报》的记者,我想就你去看王皓雯一事对你做个采访。这对你来说,也正好是一个澄清的机会,到底有没有去看王皓雯,你和王皓雯之间是什么关系,你这次去看她,是代表医院还是个人,王皓雯近况如何,她希望什么时候回到江中开始正常的生活?她对此事有什么说法吗?……"

长这么大,我还从没有经历过如此雷人的经历,我简直要被吓昏了,

第二十七章
我也被搜索了

生出的第一个念头竟是，是不是应该赶紧将电话扔掉？仿佛那小记者，转眼就会从电话那头钻出来似的。我结巴着说："你怎么有我的电话的？"

他轻松一笑，就好像干警对付小偷："我不仅有你的手机，还有你家的电话呢。而且，我这阵就站在你家门口。周大夫，打开门，请我进去谈谈吧。"

我悄悄地走到门口，透过猫眼向外看。

果真，一个清秀高挺的小伙子，正举着手机站在外面。好像知道我正在做什么，冲着猫眼咧嘴一笑，还用另一只手指指自己的鼻子，那意思是说："就是我哦。"

我软塌塌地背靠着门，不知道该怎么办。电话里传出小伙子的声音："周大夫，你别怕，我问几个问题就走。你总不希望把四邻八舍都招来吧，赶快开门吧。"

"无赖，"我低声斥责他："你这是扰民知道不？"

"哈，扰民是我的职业。"

说着，按下门铃，尖锐的铃声就在我的耳边响起，狠狠吓了我一跳。

我还能怎样？哗啦一声拉开门，小年轻一个箭步蹿了进来。我不由做贼心虚，探出头向楼梯口再看看。

"放心，我这是独家资料，所以才能找到你这里。"

"谁告诉你我的电话和住址的？"

"总会有人嘛，我说，你现在还关心这个干什么，你要知道，很快就会有人找上门来，你得先学会跟我打交道，这之后的工作才好进行。那么前两天，你是去阳和看王皓雯的吧？"

我脑子飞速转，但还是转不出答案来。我反问他："看了又怎样，不看又怎样？"

"OK，那就是去看了。她现在怎样，对外界难道就没有什么话说吗？"

"她很好，什么也不想说。"

"OK，那就是她心情很郁闷喽。她有没有告诉你，网上所有关于她的绯闻，是否真实。她是否一路走来，都在进行权色交易？"

"换了你你会大方承认这一切是真的吗？你是傻子啊！"

发言人

"OK,那么这一切都是真的了。真让人大开眼界啊,周大夫,现在你可以告诉我,你和王皓雯是什么关系,你为什么要去看望她了吗?"

我气得牙根直痒痒,真没想到记者的采访,竟然会是这样。我伸出手,就将他向外推。我说:"我和她有什么关系,关你个屁事。我就愿意去看她,怎么了,朋友落难,难道看一看也犯法不成?"

"OK,"他一边招架我的推搡,一边嘴里还在念叨:"这么说你们有特殊情谊,她是你的初恋女友呢,还是曾经的情人?"

我一把拉开了门,将他推了出去。"肮脏,下流,滚!"

"OK,"他在外面还在喊,"这么说那一定就是初恋女友啦!"

赶走了小报记者,我立马想到,这个地方不能待了。既然有人能找上门来,其他人就一定也能找过来。看来我也是被人肉搜索了,或者说迟早也会搜索个一干二净。

我想起张齐出了事后,就不再去医院。面对同事的难堪是一方面,但还有一个重要的原因,肯定是无法忍受记者的骚扰。我顾不上再多想什么了,赶紧冲进卧室,取出一个小包来,将自己的衣物简单装了一些,又拿了熙娴常用的几件衣物。

出门前,给熙娴打电话,她却不接。一边下楼,一边准备给熙娴发短信,却霍然看见她正在楼下,身边纠缠着几个年轻人,还举着相机呢。其中正有刚才被我赶走的那个小记者。

我怒火中烧,忍无可忍,居然纠缠到熙娴这里了。我三步两步冲过去,先一把将高举的相机抓过来扔到了地上。对方没有防备,顿时惊呆。等见到是我,一群人立刻扔下熙娴,过来包围我。我拉住熙娴,冲出了这些人的围困。

熙娴开车,一口气冲出了好远,她才问我:"去哪里?"

"去我父母家吧,"我说,"我把衣服都带出来了。"

说着这话,不由人心烦意乱。熙娴说:"别去你父母家,他们能找到这里来,也就能找到他们那里去。我的父母家也不能去了,我们去我表哥家住吧。"

熙娴说的表哥,早已经全家出国了。但房子一直还在。偶然亲戚们会

第二十七章
我也被搜索了

过去帮着打理打理,我们也有那里的钥匙。

　　我俩谁也不再说话,心里都憋着一口气。电话突然再次响起,竟然是刘正大!无法想象跟他说点什么,我索性将手机关了!

第二十八章
难兄难弟

第二十八章
难兄难弟

东西放在了熙娴的表哥那里,熙娴黑着个脸,去楼下的面包店里买了点吃的。我们分别坐在沙发的两头,一边听电视的声音,一边气鼓鼓地啃面包。她没有丝毫想答理我的意思,我开了好几次口,都又将解释吞回了肚子。

看看时间,已经该去值班了。我对熙娴说:"我晚上回来,原原本本告诉你一切。"

她的眼泪却啪嗒啪嗒掉了起来:"你还说你不认识她,你一直骗我,到底有什么企图?"

我说那是一段陈年往事了,旧得连我自己都不愿意再提。你不要再哭,安心等我回来,该解释的我都会解释清楚,如果你不相信,我可以叫王皓雯来讲给你听。

"王皓雯?"她顿时不哭了,"好啊好啊,你叫她来告诉我,我很想见见她呢。"

要说呢,这也是70后和80后的代沟之一。熙娴一听可以跟八卦女主角亲密接触,立刻情绪好了一大半,竟跳起来,帮我拿外套,扣扣子。"你说的哟,不许反悔!"

我拍拍她的头,哭笑不得。我说:"乖乖在家,等我回来,再讲故事。"

按老朱的指示,我比较早地到了医院。进门之前,远远就已将口罩戴好。还好,医院附近并没有发现记者模样的人,估计是到了晚上的缘故。

老朱端坐在办公室正在等我,他是值小夜班,我接他的班。

一见我,就意味深长地冲我笑,又说:"一波未平,一波又起。这两天院领导天天揪住我不放,说怎么搞的,两件绯闻,竟然出在你一个科室里面。张主任这事,刚刚安静了一点,你又把战火点燃了。为什么去看王皓雯之前,不作一个说明呢?不是说你没有自由行动的权利,而是你应该意识到,正是风口浪尖之上,做事得小心点呀,不考虑医院的名声,也得考虑自己不是?怎么就那么不小心呢?"

我垂头丧气地坐下来,我能说什么?

老朱凑了过来:"王皓雯咋样?这么说事情都是真的喽?张主任这事,你问过她没有?"

我说:"我问她这些干什么啊,那不是伤口上抹盐吗?她还可以,就是心情不好,所以才叫我过去,陪她两天。"

"你和她,"老朱将两根食指凑到一起比比画画:"没什么吧?"

我白他一眼:"什么叫没什么有什么?我们20岁时就认识了,要有什么,还不早就有什么了!我跟她,是老朋友,老得不能再老的朋友,我去看她,就是去帮她散散心,开导开导。我都是快结婚的人了,有那么好一个未婚妻,你可不许乱说啊!"

"那是那是,你的人品,我们还是有目共睹的。不容易啊,小伙子,"说着老朱拍我肩膀,"现在你打算怎么办?"

我长叹一口气,闷闷地:"不知道。"

"要我说,唯一的办法,就是躲。不要跟任何人做任何解释。我已经对医院里能打到招呼的人,都已经打了招呼。不许他们跟任何人说关于你的事情。"

我点点头,谢谢他。虽然我也知道,他这招呼打得毫无必要。难道好事不出门,坏事传千里这话是说着玩的?

这不,话音才刚落,门口就站了一个人。

不是别人,正是刘正大。热情洋溢,一派天真地冲过来跟我握手:"哎呀,我们终于站在一个战壕里了。你还不接我的电话,要不是你同事告诉我你今天值大夜班,我还找不到你了呢!不许躲着我,躲谁都不许躲我,我们说好的不是吗?现在好了,我们可以一起做事了。你放心,我们都是为一个共同的目标走到一起的,我好你也好!"

他亲昵地胡说一通,如滔滔江水。

老朱讪讪然,一副不知道该拿长嘴同事们怎么办的表情。听刘正大这么说,他也紧张了,仿佛看到自己不小心也被拉上了网络。他不停地说:"小周你要谨慎行事,谨慎行事。万万不可大意,不可大意。一步走错步步皆错,步步皆错,万一无法挽回,又该怎么办怎么办?"

刘正大沉浸在一锤头挖出了大金矿的喜悦当中,完全听不到老朱在说什么。他抄起一把椅子,坐在我的旁边,凑在我的耳朵说:"今天晚上,我不走了,我就陪你到天亮。你来告诉我,你这一路的所见所闻,一个字也

第二十八章
难兄难弟

不许落哦!"

凭什么啊?

世上竟有这样的人,拿别人的隐私当做理所当然,真是令人奇怪。

我讽刺他说:"你找到我,一定费老大劲了吧?"

"是呀是呀,我这两天一直在找你,根本就没有歇息的时候。傍晚打通你的电话,我就猜到你是回江中了。我立马就飞奔你的住所——"

"你连我住所都打听到了?"我气炸肝肺。

"是啊,我容易嘛你说。结果到了那里,才知道你已经和女朋友走了。几个小记者正在采访你的邻居——"

"采访我的邻居?他们凭什么啊他们,邻居们都说什么了?"

"我就凑过去听。当然有人说啦,听说你和女友还没结婚,立刻就有老太太声讨哪,说你们同居可不是一天两天啦,大家都以为是两口子了。说小区这么大,还没发现什么道德败坏的人哪。等着吧,你回去可要吃不了兜着走了。还说,你们很少跟人打招呼,总是独来独往的。女朋友年轻,也比较显摆,停车常一车占俩车位。还有人揭发,说你家垃圾在楼道放两三天才提到楼下去,不讲公德。"

刘正大汇报得那个详细哟,老朱不由听得津津有味,谨慎小心的话也不说了。突然扭头,发现有人在门口张望,热心招呼此人进来坐:"来来来,安大夫,好久没见了。张主任身体可好?什么时候可以上班了?"

猜出来了吧,是安接生,当然是安接生。

我跟她逗:"来看难兄难弟了?"

她说:"那是,我想你一定不好受。这个王皓雯,真不是个东西,拖累多少人!"

又义愤填膺地说:"她什么时候能回来,总得帮人收拾收拾这个烂摊子吧!"

说来奇怪,听刘正大、安接生,还有老朱这么说一说,我突然觉得这事也并没有多么可怕了。而且越想越可笑,我不仅觉得自己已经完全可以应付得了,而且突然明白了熙娴的那种心理。荒唐之事,就得抱荒唐的心理来对待。

跟荒唐之事较真儿，那还不自己难过啊？

这么一想，我立刻就觉得轻松了好多。用《红楼梦》里的话说，完全可以真亦假来假亦真嘛。

我说："对了，她可说了，张主任当初是挺照顾她的。"

安接生脸色突变，让我看得好笑。刘正大和老朱则立刻嗅到了什么，满眼满脸的期待。我慢悠悠地说："王皓雯说，她和张主任怎样，安医生应该比谁都清楚。是不是啊，安大夫？"

安接生这个窘啊，多少有些恼羞成怒："王皓雯这个妖精，一日三变，谁能看出她的真相来？她说这话是什么意思？为什么要对你这么说，是不是想激起你的什么忌妒啊？"

这老太婆，还真有一套，够能转移目标的。

我不由哈哈大笑，一边站起来倒水，一边说："关我什么事啊，我有什么好忌妒的。只要你不忌妒，就什么都好说。"

刘正大主持正义，不许我这么没边没迹。"王皓雯现在到底在做什么，她对未来有什么样的打算？这些你总该知道吧？"

我说："我当然知道，可是为什么我要告诉你们？"

"我们都是她的朋友啊，关心她不是很正常吗？"

"她说了，除了我，她没有任何朋友。在这个阶段，越是关心她的私事的，就越是她的敌人。她就这么说的，让我千万别答理他们。"

我此话一出，空气顿时尴尬了。我想这可能是我摆脱这些人、这些事的唯一办法了。我必须得说清楚，只能说清楚，否则谁知道他们还要纠缠到什么时候，又会纠缠出什么样更多更旧更无法接受的事来呢。

难不成我也像张齐一样，躲起来多少天不上班？他马上就可以退休了，退休后还可以开诊所。我呢？

或者像王皓雯一样，找个没人知道的地方躲起来？她天不怕地不怕，至少口袋里不缺钱，即便不回江中，也无生活之忧。我可以吗？

不，我才不要去辩解、去解释、去散布传闻呢！那样只能使事态扩大化。看吧，这才一会儿时间，网上居然已经有了新的消息。

"探望王皓雯的神秘男友出现在江中。"

第二十八章
难兄难弟

"已证实中年男人的确是去看望王皓雯。"

"此名中年男人,自爆是王皓雯的初恋男友。"

"据此人说,王皓雯的权色交易很可能都是真的。"

……

至此,我目瞪口呆,张口结舌。这消息,肯定是我掐着脖子搡出门的那个小记者发的。看吧,很快地这么点零碎资料,就将铺天盖地,到处都是了。

身边几个人,紧紧围拢在我四周,一边问我情况是否属实,一边让我再找点新的消息。

我说我不管了,这世道太可怕了,不把人逼进死胡同,绝不善罢甘休呀。

正在发牢骚,办公桌上的电话响了。

我不敢接,让老朱替我接,要他问清是谁。老朱手捂话筒,冲我做严肃状:"你母亲!"

果真是母亲,声音透着说不出的紧张和气愤。"到底是怎么回事?手机也不开,家里也不待,熙娴还换了地方住!出这么大事,你至少应该给父母通报一声,对不对?我们都这么大年纪了,还要被打个措手不及!"

母亲生气起来,是非常义正词严,得理不饶人的。而且她一直比较会上纲上线,这不,她先不问我目前的状况是否难挨,首先会想到我这是在给他们二老添麻烦,一个棍子,就打到了我不孝顺的屁股上!

我说还没来得及,刚回来。又问,你怎么知道的?

"刚才记者都找到家里来了,你爸的心脏病都犯了。你说你这个人,这么大年纪了,怎么还让父母这么不省心呢!你是嫌我们不够丢人吗?我们还怎么跟周围的朋友、老同事见面呢,你倒好,一声不吭,也不做个解释,让我们陪着你受罪。你必须赶紧给我回来,记者的事,你来负责说明!你已经成年了,我们没有这个义务再帮你擦屁股了!"

虽然老太太的表现有点自私,只想着自己,但我早已习惯了不是?

我赔着小心,赶紧道歉,我说:"妈,你千万要记住,有人问,就说什么也不知道,千万啥都别讲。"

"为什么不能讲？我当然要讲。这事，是王皓雯引起的，她曾经跟你谈过恋爱，以前我就不觉得她是个好人，果真，事实证明我的眼睛是雪亮的。这次又将你牵连下水，让你帮她背负黑锅！这样的冤屈，我当然要诉！我还要将王皓雯的从前，也讲出来，让大家看一看，她是一个什么样的女人！"

我再一次目瞪口呆，张口结舌。我能想象出来，母亲一旦开口，将会怎样滔滔不绝。她和安接生的程度，是可以有得一比的。

当她们渴望证明一件事是对的，或是证明一个人是错的时，就会失去看问题应该具有的两面性。她们会毫不犹豫地，组织各种材料，来成全自己的观点。她们会将家常谈话，整成一篇社论，或是一次批判会。观点确凿、事例突出，人性的生活的那一部分，将被统统湮没，所有的故事，只能服务于她的观点本身，以此证明，她从来也没有看错过人！

果真，母亲对记者是这样说的：

"很多年前，她跟周芥平谈过恋爱。那时，她还是个农村出来的小丫头，在偌大的江中，既没有生存能力，也没有亲人朋友。她抓住老实本分的周芥平，就像抓住了一根救命稻草。她一心希望借助着我们的力量，帮她找一份好工作，从此能长期留在江中。她的这些想法，当然被我们识破了，我从见她第一面起，对她就没有什么好印象。眼睛太灵活，待人处事，在她那个年龄来说，也显得太老练和圆滑了。我是坚决不同意的，我们家周芥平，是个本分孩子，他怎么能和这样的女孩子交往呢？可以说，周芥平是王皓雯出道以来，第一个想利用的男人，但在我们的反对下，她的阴谋失败了。

"她贪图小便宜，非常爱财。来我家里不多的几次，能拿的东西都会拿走。那时我就很不喜欢她这一点，走向社会后，贪小便宜的人，总会有栽跟头的那一天的。现在，不就充分证明了这一点吗？不肯踏实地从一点一滴做起，自作聪明，必然会目光短浅，贪小利而失大局。

"做女人难，做一个有野心的女人就更难，做一个非常有野心的女人，则难上加难。王皓雯是不自量力，搬起石头砸了自己的脚。"

……

第二十八章
难兄难弟

不知道母亲对王皓雯的此番深仇大恨，究竟从何而来。事情过去了这么多年，而且她当初还只是一个小姑娘，她居然能这么生气地说起她，让我很是莫名。到后来，熙娴轻描淡写地说了句："记者找上门来挖隐私，等于她被王皓雯冒犯了，当然是满腔仇恨啊。"

这样一说，我总算明白了。

人都有迁怒于人的那一面，那是给自己解脱的最好借口。或者至少转嫁矛盾，可以逃避自己无力面对的事情。

安接生恨王皓雯，是为了躲避她和张齐之间的问题。

我母亲恨王皓雯，则是对我这些年婚姻不顺的一次发泄。

第二十九章
她的团长她的团

第二十九章
她的团长她的团

　　我不再关心网上说什么了，对找上门来的记者，一概不予理睬。我对熙娴也说同样的话，至于母亲，我说了她也不听，反而觉得我有包庇王皓雯之嫌，气呼呼地质问我："你是不是被她也用身体收买了？"

　　好好好，我举双手投降。

　　母亲的那些话，很快也在网络上传开了，还配了一两张她老人家义愤填膺的照片。我在医院的处境，变得非常可笑。大家见到我，都会冲我有意无意地咧嘴笑，那笑容背后的含义，如果换成一篇文章的标题来，就是：《周芥平背后的女人们》。

　　"我才不管这些呢，我只要你答应我的哦，让王皓雯来跟我做解释！"

　　熙娴的心态非常好，认为此事有足够的喜感，很好玩。她一边大肆对自己的小姐妹和同事讲我们躲记者的糗事，一边跟他们一起猜测我和王皓雯的昨天、今天和明天。我逗她说："喂，做名人的前男友的未婚妻，怎样呀？"

　　她一扭腰，做山花烂漫状："感觉好极了！"

　　又是两三天过去了，小白菜曝光了罗尚明的另一个情妇。读者渐渐对这样的消息，有了心理疲惫，开始开玩笑说，王皓雯是情妇团团长，《她的团长她的团》，还是她的故事更好看些。

　　突然有天晚上，我手机里接到条短信。就四个字。"我回来了。"

　　是王皓雯的。

　　我的心突然狂跳起来，她这一回来，会不会又掀起新的波澜？

　　我问她，打算怎么办，她简单两个字："清算。"

　　什么叫清算？难道她还要和这些事、这些人，作斗争不可？

　　我赶紧声明："网络上我的那些话，都是记者无中生有的啊。"

　　她说："喔，那你母亲的呢？"

　　我苦笑，不知道说什么。说了也怕她未必理解。

　　她很好奇地反问我："我是不是真的很让人讨厌？你看你妈妈，都过去这么多年了，她怎么说起我来，还这样咬牙切齿呀？我想半天，我没有什么地方得罪过她呀。"

　　我说咳咳咳，你千万别拿她的话当真儿。她是想保护儿子，而且对别

发言人

人找上门去,感到非常恼火。她又没有能力从容对付那些记者,就将矛头转移到了你的身上。

王皓雯说:"你还挺会劝我的。好吧,看在你这次无私帮助我的份儿上,我就不跟她老人家计较了。"

我小心翼翼地问她:"你是真要清算啊,都打算清算谁呀?"

她铿锵有力:"谁对付了我,我就要清算谁。"

我哈哈大笑,这绝对是王皓雯的风格。

很多年前,人们会把逃避自己的责任或是工作,当做罪孽,把误解、不耐烦、懒散,也看做是罪孽。但我们今天的标准,早已大大降低了。只要不抢、不贪、不偷、不杀人,基本就可以说是一个好人了。道德的尺度,随着时代的发展,显然是加长加宽了。

王皓雯因为没有牵扯出经济问题,大家谈论,也就只停留在风化面上。但对她来说,却到了非要做出选择的时候。

虽然道德尺度放宽了,可是只要它出现了问题,就会带来进退两难的选择。一个人本事再大,也是无法协调两种放在一起时会相互抵消的信念的。它意味这样的一个事实,王皓雯可以继续做发言人,但同时她就必须接受其他人触景生情,心里时刻想着"权色交易"这四个字。

她也可以假装完全不在乎,可是这毫不在乎,不又恰好说明,她是异乎寻常地在乎吗?

一个人怎么能长久地既编造假象,又把它照单全收呢?

时间长了,必然身心扭曲。对王皓雯来说,她还年轻,而且并不缺乏勇敢。最主要的是,经过这么多年的奋斗,她的翅膀,已经硬了,她的口袋,也已经鼓了。

她何苦再委屈自己?

生活中有两种不会轻易屈服的人,一种人忍辱负重,在哪里跌倒,一定要在哪里爬起来。还有一种人,在某一处跌倒、碰壁、流了血,他会爬起来,四处看看,就近再找一条路走走看。

前一种人,需要极强的心理耐力,因为他必须明白,路本身并不好走,

第二十九章
她的团长她的团

绝不会只跌一次，很可能接下的路上，还会有很多坎坷，还会一次次跌倒，甚至还会头破血流。

后一种人，换条路去走，则是一种技巧。也许对他来说，总归是从A点到B点，无论走哪条路，都是朝着目标走，还不都是一样？

如果说前几年王皓雯会选择前者的话，现在的她，则会选择后者。

果真，第二天一早去上班，老朱就凑到了我的跟前，一个劲摇头，无限感慨地说："没有想到没有想到。"

我问他什么事。

他说："你没有看网上的消息吗？"

我说怎么了？

他说："你还真能沉得住气，王皓雯发表书面声明了。"

我二话不说，立刻就打开电脑。果真，王皓雯在江中吧里，发表了一封署名的声明。这声明，写得还真有理有节，够有文才的。

她说自从小白菜在网上爆料，将她归为罗尚明的情妇、并有卖身求荣的劣迹之后，她平静的生活，就被彻底打乱了。因为无法承受巨大的压力，她请假回到了乡村老家，希望能在那里静等事态过去。但没有想到，她善意的躲避，却并没有换来理解，相反，各种风言风语，铺天盖地，大有要将她置于死地的架势。

而她也未尝没有想过，索性就此离开人世，一了百了。

但在故乡，看到父母兄长，看到为自己承受难堪的朋友，她意识到自己还有责任，还需要为更多的人，好好活着。她必须用自己的实力，来击破一切流言蜚语。

所以，她回来了。

鉴于网络对她人肉搜索一事，已对她所服务的市政府和发言人办公室，造成了不良的影响，她主动提出，辞去发言人的职位。

同时，保留追究小白菜法律责任的权利。

对给身边的朋友、同事和亲人所造成的不安、骚扰、痛苦，一并表示深切的歉意。

说老实话，她的这段文字，还真挺能镇得住人。既保持了风度，又没

有对任何事情,做出狡辩或是承认。

这不是说得挺好吗,老朱又可惜什么呢?

是可惜事情没有闹得更大吧?

到了上午10点多,终于在某著名网站,看到了江中市政府的一份说明。

一是感谢广大网友和市民对市政府工作的监督和支持;二是同意王皓雯同志的请辞。并且对她遭受无端人身攻击,表示同情和愤慨。

最后一段很有意思,说,王皓雯同志,多年来,无论是在卫生系统,还是做副区长,都能严于律己、宽以待人、团结同志、努力上进。

尤其在担任市政府部分发言人的时间里,工作兢兢业业,刻苦耐劳,态度亲切,认真负责,很好地传达了市政府的方针政策,起到了上传下达的作用。

辞去发言人工作之后,王皓雯同志,将赴任新的工作岗位,希望她能再接再厉,为江中人民做出更大的贡献。

这一段文字,基本上算是市政府出面,对王皓雯做了一次小小的平反。

我觉得这样处理,对王皓雯是有利的,大有挽回局面之势。

王皓雯却冷静沉着地说:"那个小白菜,已经被证实了,就是我们这里某处的一个处长。如果不是我去意已定,我自会将他嚷到网络上的。我答应放弃追究他,市政府才同意出面,替我做这样一个结论。政治多交易啊,这中间的胜负,可不是老百姓想得那么简单。"

第三十章
那张老相片

市政府的公告出来后,最紧张的人莫过于刘正大,因为他早就对我说过,他之所以敢写这本书,就是已经明确,王皓雯和她身后的罗尚明,在政治上是彻底完蛋了,并且要彻底退出历史舞台了。

可现在,看上去王皓雯的气数还没尽,她到底是换个地方重新当官呢,还是有别的安排,谁也不知道。

刘正大沉不住气了,不一会儿就跑到了我办公室里来。非要拉着我说话,我忙得手脚朝天,哪里能顾得上听他啰唆。他就说,请你吃饭,请你吃饭,你非得跟我吃这顿饭不可。

我嘲笑他说:"赖上了?"

他说:"就赖上了,我要请你吃饭,你一定得在王皓雯面前,给我美言美言。"

我说:"怎么美啊,说你要为她写传记?"

他说:"就说我之前那本书,还有心继续写,希望她能给我提供更多的材料。经历过此番风雨后,她就像花朵,开得更娇艳了。"

"嚯,还花朵呢。" 刘正大听出我对他不满了,赶着撑着跟着我:"老兄你非得帮我,必须帮我。万一她东山再起,回来收拾我,那我还怎么混饭呀。看在咱们在一起策划过这事的份儿上,你就帮我说说话吧。"

我说:"那她也得听我的呀,我算什么,她凭什么听我的呢。"

可是,刘正大为了达到目的,不惜出卖了他最珍贵的资料。他一脸神秘地凑到我跟前来,鬼鬼祟祟地说:"她当然会听你的。你在她心里,位置重要着呢。"

我说:"我们很年轻时,就认识了。这样的老朋友的感情,你怕是不能理解的。"

"非也!"他一脸凝重,"她对你的感情,绝不仅仅是老朋友那么简单。"

"那你说是什么?"

"我怎么会知道,你是她的初恋情人的?你想过这个问题没有?"

对呀,刘正大既然说起了这个,不仅让我想起事情的原委。他到底是怎么知道的,一直是我心里的一个迷惑。"难道王皓雯对你说过什么?"

第三十章
那张老相片

"她怎么会对我说这个。她呀,她这么多年,依我看,就根本没有将你忘记。虽然她身边一直不乏位高权重的男人,但她真正难忘的人,却是你!"

"何以见得?你会相心术不成?"

"你也不想想,为什么王皓雯一出事的第二天,我就找到了你?而且你还可以再想想,王皓雯那样一个风情万种,恨不得让所有男人都拜倒在她石榴裙下的女人,又怎么会对别人说,她一直难忘的是初恋情人呢。"

"她没有告诉你,你如何知道?猜的?"

"是的。"

"猜的也能算数?什么时候喜欢玩老娘们的游戏啦?"我调侃他。

"既然猜,就需要一定的证据,是不是?我也是一堂堂文人,怎么也不能无中生有,对不对?"

我笑说:"文人的拿手好戏,可不就是无中生有吗?"

"是这样的,"刘正大终于揭秘了,他说,"我有段时间,不是经常去王皓雯的办公室吗?她自己有一间装修得很是豪华的大办公室,不仅有大办公桌、沙发,还有一大玻璃柜的书架。有一次,我比约定的时间去早了。她还在开会,她的同事就让我坐在沙发上等她。她的东西都收拾得很整齐,桌面上几乎没有什么可看的。我偷偷翻了翻一个笔记本,除了会议记录,也没有别的什么。于是我就走到书架前,看那里面装得满满的几排书,当然,大多都是文选或是规划传记之类的。我突然灵机一动,想起有人说过,在某个贪官的家里,发现了不少存折什么的,都夹在书里面。于是,我就想,反正也闲着没事,不如我也来翻一翻她的这些书好了。正好,她的书柜门上,钥匙还在,可能临时走得匆忙,忘了拔下来。于是我就假装找书看,一本一本地抽出来,翻了起来。我当时想,如果她真有什么存折之类的,可能会藏在平时人们最少翻的那些书里面,其中有一排书,的确都是比较老的了。我就从那一排翻起,翻了几本,并没有发现任何东西。怕时间来不及,她会回来,我就又随机翻了几本比较新的书,有政府部门要求买的,人手一本的那种书,也有两本看书名挺有意思的书。结果,你猜怎么着?"

对他这种偷偷摸摸的小人行径,我并不以为然,而且想不通的是,他竟然还可以炫耀成绩似的,拿给别人说。我颇有些冷淡地说:"发现存折了?"

"不是!是你的照片!"

他抛下了这么大的炸弹,就开始静观我的反应了。

说实在的,我确实吃了一惊,在我的印象里,我好像根本没有给过王皓雯任何一张照片啊。即便我们谈恋爱,到后来她来医院进修那一段时间里,我们也没有一起照过相。

刘正大这话,让我觉得根本不可信。我说:"你一定看错了。"

"怎么可能,我刘正大闯荡江湖这么多年,怎么会连一张相片都看错。而且,相片的背后,还分明写着你的名字。她夹在书本里,而且是一本新的书里,说明她最近还看过,这会是什么意思,还不清楚吗?"

我说:"一张老朋友的相片夹在书里,很正常啊。是你太敏感了。"

"你看你,怎么就这么不开窍呢,太不懂风情了。"

刘正大一边指责我,一边对他的发现做以详尽说明:"我当时一看相片,就吃了一惊。这个男人会是她的什么人呢,老公,还是男朋友?后来再看到后面,居然有你周芥平的名字。我再仔细看,果真就是你。虽然比现在瘦,比现在年轻,但样子并没有什么变化。我就想,王皓雯王主任,为什么会在自己的书里,夹一张男人的相片?难道跟这书有关系?我再次看了看封面,是本有关土地法的著作,但这本书的扉页上,有王皓雯自己写的字,王皓雯,购于新华书店,某某年月什么的。这是它和其他所有书都不同的地方。这就说明了,书是她亲自购买的,一定比起单位发的书,要显得珍贵一些。相片呢,又夹在这样一本书里,待遇就上去了。我又看了看相片,发现这是一张四寸的大证件照,这么大的相片,人的表情又很死板,并没有风景呀,或是会议什么的任何可收藏的价值,如果不是特殊关系,谁会送人呢?而且照片已经不新,虽然是彩色照片,但却实在是有点年头了。照片四周,屡有细微的折痕,这就说明,虽然相片是夹在书里的,可是她却经常拿出来看的。你和他身边的其他男人并不相同,你就是一个普通的医生,对王皓雯来说,并没有什么利用价值,可是她却会收藏

第三十章
那张老相片

一张你的相片，不由人不会想，这个男人，如果不是有什么特别之处，那就是在王皓雯的心里，留有特殊的位置。我因为确定不了这相片的年头，所以在心里一直存放着这个秘密。到后来，在对王皓雯的生平做了解的同时，我发现她护士学校毕业后，曾在江中待过一年多。而你那时，正在江中上医学院。我很自然地做出了恋人的联想。等到她出事后，我就决定先来试探你，没想到，一问就问对了！"

刘正大对自己的侦破能力，颇为自豪。

他一定后悔的是，没有将那张相片，偷出来夹在他那个记满黑材料的笔记本里。否则现在，他就可以一把抽出相片，然后在我的眼前晃一下，说："你还记得这是你什么时候照的了吗？"

他的话，确实让我心里一咯噔。如果我没有猜错的话，王皓雯书里的那张相片，我其实是有印象的。

那应该是8年前发生的事情了。

有那么一天晚上，她想在中心广场见我，当时我陪着怀有身孕的前妻散步，后来我送前妻回家后，再去找她，她就不见我了。

这是一件非常让人恼火的事情，从那以后，我们就几乎再也不联系了。路上碰到，也和陌生人无疑。到了第二年的夏天，医院各个科室，都要设立医生一览表，是挂在科室附近墙上给病人看的，所以这相片，就得放大到四到六寸。

我们外科的壁挂很快就做好了，我当时因为职称还比较低，所以很自觉地，只交上去了一张四寸的而不是五寸或六寸的彩色照片。

贴到墙上后，大家来来往往，也没有当回事情。可是突然有一天，有人指着这面墙大笑，说："看看看看，发现没有，周医生的相片被人撕掉了？"

我当时第一个反应是，糟糕，有病人对我有意见！

要知道，医生和病人的关系就是这样，虽然是病人需要医生的帮助，但并不是心甘情愿地将自己交付给医生的，如果不是生病，谁愿意和医生打交道呢。这样的心态，难免容易使病人对医生怀有一种天然地警惕和对抗。医生对病人稍有不慎，病人就会产生怨气。

撕掉相片,也算是一种发泄吧!

我去看那片墙,果真,满墙十几个医生,唯独少了我一人的相片。

从相片的位置看,如果不是病人泄愤,那么很可能就是顺手。因为我简历的位置,放得比较低,在墙正中最下面一排的位置,手稍微一伸,就可以够得到。

偷相片的人,看来很是认真,特意拿了一个小刀,将相片整整齐齐地裁了下来,所以边角显得特别干净。这不仅又给人一个悬念,是谁,会偷相片偷得这么小心?甚至让人感觉,这样的偷窃,带着一丝珍惜的味道。

"看来不像是有意见,而是有感情吧。"当时就有人这么开玩笑地说。

无论对方是泄愤,还是怀有别的目的,都是对我的冒犯。我有很长一段时间,心里极不舒服,被偷走的相片,似乎成了定时炸弹,不知道什么时候会给我带来灾难。

真没想到,8年后,这颗炸弹被刘正大引爆了。

我想,如果相片在王皓雯那里,似乎当年、还有现在的很多疑问,就都有了答案。

看来,在她的心里,我一直还占据着重要的位置。这也才是为什么,她会在遇到这么大的困难时,会向我求助的原因吧。

王皓雯声明发表后不久,她的这桩丑闻就渐渐淡了。我和熙娴也搬回了家里去住。有了这样一次风波,我对婚姻的渴望似乎比哪个时候都更强烈。仿佛只有婚姻,才能给我更坚强的理由,无论面对他人猜疑的眼光,还是面对自己软弱的内心。

王皓雯并没有像江中政府的声明所说,奔赴新的工作岗位。她依然处在请假状态之中,她说她还需要沉淀一些日子,才能知道下一步该怎么走。

经过了这一段,我和她的关系,显然比历史上任何一个时期都更令人回味。既有曾经亲切的记忆,又有新生出来的纯净的友谊。它升华了我们从前的感情,擦净了笼罩在一些无法言说的情感之上的尘埃。我觉得,自己看她的眼神,从来也没有像今天这么干净、这么坦荡、这么自由、这么

第三十章
那张老相片

安详过。

我和熙娴搬回自己家后,有天我对她说:"请王皓雯来做客吧。"

熙娴当然很高兴,好啊好啊,请她来,我太想见见她了。

我对她说,态度要礼貌,她是我的好朋友,而不是请来让你猎奇的。

她做了一个受气包的鬼脸,说:"是的,大人!"

那段时间,我知道王皓雯人在江中的,但不知道她在忙些什么。我告诉她说我和熙娴想请她家里玩一玩后,她很爽快且有点惊喜地答应了。

那是一个周五的晚上,熙娴亲自下厨,准备了几样清爽的小菜。我则买了一些淡啤和果汁,熙娴对见王皓雯这个传说中玩弄男人于股掌的女人,充满了好奇和紧张。

"我穿什么好呢,"她不停地问我,"我可不能好端端地灭了自己的威风。"

我说你怎么穿都会很好看,她并不以为然。她坚持认为她必须在穿着上,体现出她目前的优势来,相比王皓雯的风光、传奇、丰富的人生经验、泼辣的性格,她则要更多地表现她的优雅、年轻、漂亮、舒适,她一边把自己往各种衣服里塞着,一边咬牙切齿地对我说:"我得把她比得像个荡妇。"

事实是,熙娴这一套小女生的做法,实在是一点必要也没有。但我能说什么呢,这里既有女人之间的较量,又有她对我的特殊感情。

我只能一笑了之,就像看一个调皮的小姑娘,可着劲在捣蛋。当门铃响起,熙娴终于选定了自己的着装,她认为很性感,但让我看,却实在是有点妖娆了。

所以,当王皓雯素面朝天、一身休闲服地站在客厅里时,更像荡妇的人,却是熙娴。我不由发出了笑声,熙娴红了脸,在我的屁股上,悄悄地掐了一把。

王皓雯并不知道我和熙娴的挤眉弄眼因何而起,但她抱着过来人的心态,波澜不惊地视而不见,夸奖我们的房子漂亮,夸奖熙娴貌美如花,又夸我们的餐具精致玲珑,还夸家里的鲜花令人一震。

在她不停地啧啧称赞的时候,熙娴悄悄地又换了一身家常服,头发也

缩了起来。待她重新走出来时,王皓雯依然什么也没有说,但她的眉毛悄悄地抬了一下。

她带了一篮水果来,人瘦了很多。但因为这瘦,似乎身上有了一种和以前大不相同的味道,她变得既清澈又深邃,就像夏日里突然出现在你眼前的池塘一样,跳进去只会觉得畅快,可是除了畅快,也确实再无其他。

她变了,也许正像她自己所说的,沉淀了。甚至连熙娴,都感受不到来自她的任何威胁或是压力。她像一个和我们没有任何关系、但却又怀着亲密情感的人。这样的人,在生活中我们很少见到,当我意识到这其实是一种很自在的感情时,突然觉得非常地感动。

王皓雯和我们一起坐下来吃饭,她嫌熙娴给她的饭舀少了。她自己又去饭锅那里,舀了一大勺出来,一边还用勺子在米饭上面压了一压。"都不知道多长时间,没有吃过家里做的饭菜了。等你们结了婚,经常叫我来吃饭吧!"

熙娴做鬼脸:"不结婚,你也可以经常来啊。"

要不怎么说王皓雯是个聪明的女子呢,她总是能在合适的时候,知道别人心里在想着什么。她似乎一眼就看穿了我的想法,我是希望她能让熙娴彻底放下心来。

她摇摇筷子,一脸认真地对熙娴说:"婚姻是女人唯一成熟的通道,你必须结婚。周芥平是个不可多得的好男人,善良又知心,还会赚钱,你不抓紧啊,想要的人多着哪。"

熙娴就看着我笑。

两个月后,我和熙娴结婚了。

我们给王皓雯发了请柬,她没有来。她说她很忙——那时我们已确切地知道了,王皓雯彻底离开了官场。

她回到了五仁,开了一家药材收购公司。除了鼓励当地农民进山采药外,还请了技术人员,帮助当地老乡学种中药材。她这段时间,一直在跑这件事,依靠着曾经的旧关系,她做得很顺,不仅阳和县委很支持她的工作,专门指派了自然村来做她的试点,而且有卫生系统工作多年的关系,她今后公司的产品,也不愁没有销路。

第三十一章
清　算

但这场风波,却并没有结束。

半年后,刘正大的书出来了。

书名就叫《女官员的风花雪月事》。虽然他最后将王皓雯的名字改了,但只要是江中人,就都会知道这里面写的那个女官员是谁。

他用纪实的手法写的。从五仁某个村庄的一天清晨写起。弱小的女孩儿,挑着水桶,出门去担水了。望着山卯渐渐升起的太阳,她的心里暗暗发誓,她总有一天,也要像那枚红彤彤的太阳一样,跳出山坳,让自己的人生红红火火。

因为这本书,曾经和我的关系是那样的密切,我当然要买一本来看一看。我不是专业的写作者,但也能感觉到,刘正大犯了经验主义的错误,他从一开始,就已经将王皓雯定了性,甚至在她八九岁的时候,她就是一个野心勃勃,为了利益不惜出卖所有一切,当然也包括她自己在内的一个人。

他书里的很多细节,都是想象的。因为我知道他创作的所有过程,他并没有去过阳和,更没有去过五仁,何况王皓雯偏远的父母家所在村庄。但他写到了王皓雯的老师、同学,还有从小一起玩大的朋友,他们对她的评价都不好,他们全都认为王皓雯品行不好、道德败坏,为达到目标不择手段。

刘正大在这本书里,很像一个声嘶力竭的批判者,或者是一个何患无辞的检察官、上诉者。他搜集了很多证据,就是为了将她处以刑期。

我哗哗地翻着书。

那段时间,医院里几乎所有人都在谈论这本书,因为其中有那么几个人物,让大家似曾相识。比方安接生,比方我,还比方张齐。

对安接生和张齐的描述,刘正大做到了他曾经答应老太太的,他将这老两口,描述成了保守、老实、本分的知识分子。甚至为了让自己的人物更为可信,他还给张齐配了一副1500度的近视眼镜,他一定忽略了张齐是个外科医生的事实,拿手术刀的大夫,眼神却如此不济,这不是天大的笑话吗?

老朱看到这里,就忍不住笑得抱住了肚子,他一个劲地喃喃道:"有

第三十一章
清算

意思，有意思。"

至于安接生，在刘正大的笔下，则是一个温柔、美丽、清高、宁为玉碎、不为瓦全的老太太。当网上流传出女官员和她丈夫的绯闻后，她纯洁了一辈子的心，被玷污了，也碎成八瓣了。她无法忍受这样的人身攻击，所以一开始选择了自杀。

但她是医生，虽然知道安眠药的用处，却也有医生天然的警醒，她沐浴之后，换上了一身新衣，然后躺在了她和张齐躺了一辈子、见证了他们爱情的大床上，但是，她却怎么吃不到一死了之的数量，不禁趴在枕头边痛哭起来。

把安接生写得跟茶花女似的，显然不符合大家平时的感觉。所以，看到这些个段落时，抱着肚子笑得直喊疼的人，就不仅仅只有老朱了。

他笔下的我，则是个卑鄙无耻的小男人。

这大概也是他对我的合理报复吧。我从一开始就不赞同他的做法，也不积极配合。待到王皓雯发表声明后，他求我说情，我又坚决不肯。

他一定恨死我了，他甚至给我安排了一个悲惨的结局。作为女官员的初恋情人，在随后的日子里，虽然女官员已经有了更阳光、更灿烂的路途，但我一直暗中觊觎着她。为了得到她，还抛家弃子，渴望着和女官员暗度陈仓。机会终于来了，女官员卖身求荣，东窗事发，我趁火打劫，利用她软弱的时候，终于占有了她。但女官员心如明镜，我只是她棋盘上的一颗棋子，她不仅利用我，向外传达自己将东山再起的信号，而且利用完之后，又将我的老底告诉了我的女友和家人，结果我悲惨地落得了被抛弃的下场。

老朱看到这一幕，不禁替我叫屈："歹毒莫过文人心啊，这个刘正大，以后让我们医院封杀他！"

我又气又可笑，不知道说什么才好。

刘正大显然并没有将这一切放在心上，对他来说，这本书出版了，他和这件事的联系也就圆满地结束了。

他兴致勃勃地来找我，要我帮他介绍一个牙科医生，他说他大牙掉几颗了，却一直忙着没顾上镶。

女发言人

"周大夫你要记住啊,我找你,就是需要你帮我讲讲情,看能不能打打折。我老婆、小姨子也都要做牙,如果肯对我有优惠,就能带来更多的病人。"

他似乎已经完全忘记了他是怎么写我的这件事。

可是,刘正大的大牙,很快就表明是白花钱了。因为他镶好才没有多久,就被人给打掉了。

这件离奇事儿,甚至上了我们当地的小报。说在一个夜黑风高的晚上,江中市著名作家刘某某,因构思文章,睡不着觉,于是披起衣服,去街上溜达,寻找灵感。四周一片寂静,只听得耳边呼呼的风声。他正眼望苍穹,寻找着属于自己的那颗星星时,却刹那之间,眼前落下无数星星。他还以为天象发生奇观,后来才反应过来,原来是有人直击他的面门。顿时一股热流,从鼻梁处窜出,又感到下巴一疼,嘴里涌上一股咸味,哗地一口鲜血喷涌而出,新镶的白花花的几颗牙齿,也一起吐了出来。

作家损失不小,顿时怒从胆边生,他一个鲤鱼打挺,接着是亢龙有悔,便护住了自己的门脉。

他呵斥站在对面、手提大刀的两个蒙面大汉:"你们是什么人?"

两个蒙面大汉却不多言,一个扫堂腿,再次将刘作家掀倒。其中一人举起铁钵大的拳头,如同鲁智深拳打镇关西,满满地落将下来。刘作家再次看到了满天星星,随后便不省人事,什么也不知道了。

第二天,他在医院里醒来。对闻讯前来采访的记者说,自己肯定是遭到了报复,被报复的原因,就是因为他刚写的那本书!在书里,他无情地揭发了恶势力,得罪了不少人。作为一个人民的作家,他付出了血的代价。

这段故事,因为发表在市民记录那一版,而不是新闻版,所以文笔煞是轻松有趣,并不给人以沉重之感。我第二天再去上班,同事们纷纷逗我:"哎,周大夫,你老实交代,你是不是那个蒙面大汉啊?"

我立刻抬头仰望,做眼冒金星状,嘴里还嚷着:"哪颗星星是我的呀?"

大家便哄堂大笑。

正在乐呢,刘正大就打来了电话。一开口,语气就特别激烈:"周大

第三十一章
清算

夫，我的事你知道了吧。我告诉你啊，这件事绝对不能小觑，它背后有太多阴谋诡计。我相信你是个好人，你是不会对我做这种下三烂的事情的。但是你的那个好朋友、好情人、好初恋女友王皓雯，是肯定能下得了毒手的。我不会随便罢休的，已经报了案，而且将怀疑对象，也告诉了公安人员。雇凶杀人哪，老弟，她这么做是会死得很难看的呀。我告诉你，就是要你一定转告她，我刘某人，也不是吃素的，她对一个讲真话的人民作家，下如此黑手，一定会得到惩罚的。幸好当时街上还有人，否则我都会被剁成肉酱了！"

我很好奇，问他："你在街上的时候，不是半夜吗，真的附近还有人啊？"

"三更半夜，只是一种文学化的说法。鲁迅先生不是也这样写文章，半夜起来站在院子里，一棵是枣树，另一棵还是枣树吗？半夜这个词，对作家来说，是一个非常亲切、非常实用的词语。"

我哈哈大笑，刘正大也笑了起来。

他说："他妈的，气死我了。我找不到王皓雯，但这件事肯定是她做的。你帮我告诉她一声吧，就说我谢谢她了，她把我打醒了，也给我了灵感，我很快将写出下一本书来，就叫《不打不相识——一个女贪官和男作家不得不说的故事》。"

刘正大这个人，真是俗气得可恨可笑又可爱。

他得意扬扬地挂了电话，我便发了一条短信给王皓雯，我说刘正大是不是你叫人打的。

她很快给我拨来了电话，声音嘎嘣脆："是我干的，怎么啦？这才是个开始，给他点小小的教训。流点鼻血、掉两颗牙齿，就要闹得满城皆知啊，告诉他，悠着点儿，别等下次少了条腿，再到处哭诉！"

如果说刘正大这事，算王皓雯的报复的话，那么对安接生，她同样来了一次刻薄地、不留情面的"清算"。

张齐在事情稍微平息一点之后，就办理了提前退休的手续。他并没有办自己的诊所，而是去某个私立医院，做了首席外科医生。

刘正大写出这本书后，安接生刚开始平静点的日子，又不安宁了。

她不知道怎么的，真拿自己当了书里女主角，她买了100来本，到处送人。见人就说，刘正大那书里多情婉约的女医生，就是她。她和张齐情深意笃，绝不是任何女人能破坏得了的。

这当然是件比较可笑的事情。

可是可是，谁又没有个自我陶醉的时候呢？

就在这时，却突然爆发了一条消息：张齐嫖娼，被抓住了。

江中市每年都会有那么一两个月，集中打击黄赌毒。据说涉黄最严重影响最恶劣的，并不是洗浴中心发廊之类的场所，那里的管理，相对还是比较有序的，至少不会给人泛滥成灾或是不堪入目之感。

问题最严重、最猖狂、最明目张胆的，是在一个叫东湖的公园附近。

那里有成群结队的流莺，专门做老头儿的生意。

流莺们的档次，普遍也不高，远远不如洗浴中心或是发廊里的女孩儿，甚至还有不少下岗女工，也靠这个赚钱。五元浅尝，十元深摸。

渐渐地东湖公园除了无聊老头常在那里晃，就没有什么人去了。大家亲切地将那个公园称做"老年活动中心"。

张齐被抓，恰恰就在那个地方。

而且，恰恰就在每年夏天，扫黄打非比较集中的那几天里。

据说，当时张齐和一个女人，正在谈生意，他的手都伸进中年妇女的衣服里去了。

联防队员早已将他们盯住了，怎么也没想到，大白天，上午10点多钟，其他老头还哈欠连天、偷偷摸摸、东张西望之时，张齐居然就按捺不住，蠢蠢欲动了。

几个年轻人，立刻势如破竹，一下子就将张齐拿下了。

那些天电视台也在配合行动，工作人员亦埋伏了一小会儿，见这么迅速，就有人落网，不由喜上眉梢，一路追过去拍个没完没了。摄像记者当然乐意啊，这么快就完成了画面，回去剪辑一下，一播一放，大家都早早收工，是不是？

张齐怎么能料到会有这样的事情？他顿时被吓懵了，可是紧接着，看见了摄影镜头，理智回到了他的身上。他冲着镜头就扑了过去，同时声嘶

第三十一章
清算

力竭地喊道:"我是知名人士,你们要注意分寸,不许拍我,不许拍我!"

结果,当天晚上的新闻,张齐嘶喊的这一段,就成了一个热点画面,主持人也拿他说的"知名人士"这几个字打趣:"经过了我们节目的播报,现在,这位老伯才可以理直气壮地说,他终于成了知名人士。"

这件事造成的恶劣影响,远远大过王皓雯当初那件事。

虽然后来,安接生和张齐为了恢复名誉,又做了很多工作,终于在某一天,电视台和江中的一些报纸上,都出现了道歉声明,并不说张齐的那段新闻是遭人设计和陷害,有不实之处,而只是强调给当事人造成了很大的伤害。

谣言有时候也像嫁出去的女儿,泼出去的水,很难再收回了。

谁真的愿意相信,张齐的被抓,是一场误会呢?

在那么一个特殊的地方,面对的又是他并不熟悉的女人,而且他的手分明伸进对方的衣服里了,谁还会相信,他是清白的呢?

张齐遭此打击,好不容易才恢复的精神又崩溃了。他不去那医院上班了,又躲在家里大门不出二门不迈了。

安接生又开始了新一轮的平反和呐喊。这一次,她的矛头依然对准的是王皓雯。

"这件事,从头到尾,都是王皓雯策划的!那个女人,是她雇来的,故意使计诱骗张齐跟她去东湖附近——老天作证啊,我家张齐连东湖是做什么的都不晓得。他每天忙忙碌碌,哪里有那个闲心去做那种苟且之事,啊?还有,那个女人,走着走着,就突然说她有乳腺增生,要张齐给她看一看。张齐说自己不是妇科医生,她却不干,张齐人也老实,心想,要摸就在大庭广众之下摸,当街摸,总不会被人说三道四吧。谁知道,联防队和电视台早就得到了线报,埋伏在那里,就等着将张齐抓个正着。这件事,她王皓雯以为自己做得聪明,没有人知道是怎么回事,又怎么能骗得过我。我后来专门去找了那个女人,我给了她一笔钱,她就全都交代了。我已经报了案,也请了律师,我要就这件事,跟王皓雯打一场大官司!她凭什么害我们一家,我们都这把年纪了,难道还要被人这么欺负吗?"

每次说到这里,安接生都会流下痛苦的眼泪来。

她是真的伤心了,在医院这么多年,谁也没有见过她哭得如此撕心裂肺过。

可是王皓雯坚决不承认这事跟她有关,即便对我,她也说什么都不知道。

凭什么她就认为是我在害她啊?难不成是做贼心虚,还是做过什么亏心事啊?她花钱取证,根本就没有成立的可能,那个女人无论说什么,都只是她教唆的。自己的丈夫是什么人,自己不清楚也就算了,还想让全天下的人,都跟着她一起受蒙蔽。你说说看,这样的女人,活到快60岁了,是不是很可悲呀!

王皓雯天不怕,地不怕,一副敢将皇帝拉下马的姿态。

她的生意做得风声水起,可能也是荷包丰富,并没有大部分创业者艰难的开始。

其药材公司,业已成了我们医院的指定供应点。大家都说,王皓雯这一着棋,还真是走活了。

我说她:"唉,大家都不容易,该对别人公平点的时候,还是要讲点公平的。"

谁知道,就是这么一句简单的话,却让她勃然大怒起来。

"公平?你跟我讲让我要公平?谁对我公平?从小到大,我见到最多的事,就是不公平。命运不公,男女不公,爱情不公,待遇不公,工作不公,利益不公……经历了这么多的不公,我比谁都知道什么叫公平!告诉你吧,老弟,我的教育字典里,就没有公平这两个字!"

啧啧,她居然叫我老弟了!瞧这江湖气!

第三十二章
秘密语人生

王皓雯对公平二字，突然有这么大的反应，让我吓了一跳。似乎她生了我的气，就因为我拿这两个字刺激了她。事后，我开始回忆起在五仁时，她对我说的一些事情，一种奇妙的悲伤汹涌而至，我仿佛看到了她一点点被命运驯服的过程。也似乎体会到了，那些藏在她内心深处的挫败和凄惶。

这里面，正包括她深恶痛绝或是令她痛心的"公平"二字。

在五仁的第二天，我们有一天的时间，可以慢慢聊天。她告诉了我几件藏在她心里的秘密。她说，这些事情，总是纠结在她的脑海之中。她并不知道这些故事，在人生之路上有着什么样的含义，但她却怎么也忘不掉。尤其是当遇到困难，或是停顿时，她就会将这几件事情，零零星星地，全部地、反复地想起来。

后来，这几件事，也就留在了我的记忆里。

一旦想到她这个人时，我不由就会想起她讲的这些个故事来。

现在，我终于大概对此有了一个清晰的判断。虽然她的这几个故事，散乱无章，并没有特定的时空或背景，但它们其实是串联在王皓雯生命中的，她之所以成为今天的她，是和这几个故事分不开的。它们就像人生项链上的缀饰，看起来乱七八糟，有来自河底的石头，也有来自森林的旧木，还有来自海里的贝壳，可正是它们，让这只项链变成了一个首尾相连的东西。

第一个故事，王皓雯是这么讲的：

7岁的时候，我母亲带我离开过一次家，我们娘俩在外面流浪了好几个月，你能相信吗？

事情得从我的父亲说起。现在你看到的，是一个沉默无语、手无缚鸡之力的小老头儿，可是年轻的时候，他却是个家庭暴君。至少在家里，他想打谁就可以打谁，打得最多的，当然就是我的母亲。

动手并不需要什么理由，他心情不好，或是心情特好，都可以是打人的理由。

第三十二章
秘密语人生

最糟糕的是,在农村,丈夫动手打老婆,并不严重,几乎家家都有类似的事。很多女人都会认命,而且觉得挨打是种天意。是自己上辈子做错了什么,才要受此惩罚吧。我很小的时候,就看到过这样一个事。我姑姑,姑丈一巴掌下去,耳朵就聋了。她回到我们家里来躲避,可我父母全都劝她乖乖回去,说既然已经成了半废人,再不回去,就更没男人要了。是的,即便是我的母亲,也这么劝她。而我的父亲,看到自己的妹妹被丈夫打成这样,他也依然会使用家庭暴力。

这些事情,让我很小的时候起,就为自己的性别感到恐惧和悲观。我很害怕长大,因为那样一来,就成了一个真正的女人。那时还不知道爱情是怎么回事,只觉得长大结婚,将是一件很可怕的事情。

7岁那年,母亲不知道怎么惹了父亲,我记得是夏收的时候,天气很热,空气很闷。

那天母亲一进家门,就被父亲一拳打翻了,他动手非常粗鲁,而且动作特别快,就像一头豹子一样,一下就将母亲掀翻在了地上。当时我刚放学回家,正端着一杯水在喝,母亲倒地的一刹那,我们的眼睛对视在了一起。我简直无法形容她眼睛里的那些内容,有自卑、有痛苦、有无奈、有狂乱,她就像是愣住了,但那只是一瞬间的事情,因为父亲很快就将她踢到了角落里。

我心乱跳,吓出了一身的冷汗。我跑出了家门,找到一个角落里躲了起来。我家的狗跑过来挨着我,它也能感受到不祥的氛围。我们俩紧紧挨着,互相抱在一起。听房间里传出父亲凌厉的打斗声,他打人时并不怎么说话,只是嘴里发出憋气的声音。母亲也不哭,肉体挪转时沉闷的声音,更显得她特别的痛苦。

10多分钟后,父亲打完了。他大声呵斥:做饭!

再没有其他多余的话。

就见母亲匆匆忙忙地,低着头,一边掠着耳边的头发,一边一路小跑进了厨房。那天我们吃的是擀面条。我中间进厨房去看了她一眼,她手里捏着韭菜叶儿,正在发呆,见我进来,赶紧忙活起来。我心里特别难受,在她身边站了一会儿,眼里含着满满一泡泪水。希望她能跟我说点什么,

女发言人

可她什么也没有说。

晚饭吃完,天就黑了。大人辛苦了一天,都很累。母亲烧了洗脚水,给父亲端来,可不知道为什么,父亲洗完,又一脚踢翻了水盆。我怎么都忍不住了,终于吓得大哭了起来。我害怕再次看到母亲挨打的场面,我的哭声,让父亲很惊愕,他一点也没有想到这跟他有什么关系,他冲母亲说,看看娃是不是生病了。

对父亲打母亲这事,哥哥的态度,从一开始就跟我不同。虽然他也是什么都不说、不做,可他整个人让我突然就觉得很陌生,仿佛我们性别的不同,已经造就了两个阵营。他是同情母亲的,可是对父亲这种做法,并不感到愤恨和害怕。

我为什么会哭,母亲是明白的。她看了我一眼,眼里突然就流露出了温情,那是在她麻木很久之后的表达,让我的心顿时就妥帖了许多。她爬上炕来,将我抱在怀里,我嗅着她身体散发出的汗味,觉得温暖极了。

这个瞬间,是我童年里最清晰的一个记忆。从那晚以后,我的童年似乎就过早地结束了。

不知道睡着了多久,母亲急促的叫声,惊醒了我。她在悄悄摇我,我刚睁眼,她就将手指按在了我的嘴唇上,让我不要发出声响。不知是怎么的,我几乎是立刻无师自通地就明白了,她要带我逃走。

父亲和哥哥,在炕的另一头打着鼾声。母亲手脚麻利地给我穿着衣服。她的脚边,放着一个捆绑好的小包袱,我眼睛不由自主地去看那个包袱,心里慌乱地不知道怎么办。母亲蹑手蹑脚地将我拉下了炕,我和着她的拍子,一起向门口走去。门悄悄地被拉开了一条缝,一点吱吱扭扭的声音都没有,我猜想母亲在门轴那里抹了油。

她像惊慌的老鼠,瘦弱的肩膀紧紧地缩在一起。

一出门,她就拉着我跑了起来。院里的狗抖了一下身子,站了起来。我回头看了它一眼,它一定是什么都知道的,知道我们要离开它了,它身体突然和平时不大一样了,它望着我,眼里说不出的担忧和哀愁。

天气还延续着白天的闷和热,没有一点凉爽的意味。母亲拉着我的手,什么话也不说,只是带着我埋头狂奔。我们一会儿就穿过了大片的麦

第三十二章
秘密语人生

地,有收割完了的,有些还没有开始收割。我一路跟跄,跟着母亲跑着。不知道跑了多久,突然天边一道闪电,接着是一声闷雷。

坏了,母亲说了这么一句。她停了停脚步,我突然发现,天空似乎有了微微的白光。

她转过身问我,走得动不?要不要娘背着你?

我摇头。能感觉四周有了风,空气在流动,沉甸甸的麦穗,擦着我的小脸蛋。母亲突然吁了一口长气,将我抱了起来。她伸出胳膊,给我指着远方,她说,看见了吗?

一条公路,就在不远的麦田之外。当她对我说这话时,我就好像体会到了她全部身心的改变。事情过去了这么多年后,我每次想到这条路时,都忍不住会想到母亲伸出胳膊,内心充满了希望的样子。

我们搭上了最早去阳和的班车,轰隆隆的雷声,还在我们的身后此起彼伏,可是雨点却没有落下来。我在母亲的怀里,又接着睡着了。

我们随后是怎么到的阳和,又怎么找到了落脚之处,在我的记忆中,都变得不是那么清晰了。母亲后来曾告诉过我,在她找到帮忙的活计之前,她带着我在街头还要过10多天的饭,晚上就睡在人家的屋檐下面。这些我都全无印象了,也许对孩子来说,生活越是颠簸不稳,对父母的依赖就越是重要。只要跟母亲在一起,其他的一切,都变得不那么重要了。

母亲后来在阳和的生计,是帮人洗衣服。我没有再读书,天天就跟在她旁边。我似乎将父亲和哥哥忘记了。

我不知道为什么母亲最后又回家了,大概是冬天到了吧,我长冻疮,而且感冒发烧咳嗽,一直也不好。我们住的地方四面漏风,衣服也不够了。总之,有一天,母亲就对我说,咱们回家吧。

我跟着她去汽车站,她一路走得非常萎靡。她再也没有伸出胳膊指给我公路看的那个劲头了,她的眼睛,就像是两颗熄了火的小星星,再也不闪亮了。

王皓雯的第二个故事中的有些细节,很多年前我曾经听到过,其中她讲的某个女同学,正是我工作不久参加培训时认识的那个高瘦女孩儿:

女发言人

我去江中读护校后,生活发生了很大的改变。其中最大的改变是,我接触到了很多跟我不一样的女孩子。

她们家境无忧,父母有文化有工作,穿衣打扮很有一套。很长时间,我在她们面前,都感到自己一无是处,毫无优势,自卑压得我头都抬不起来。可是突然有一天,我发现有男生给我写情书了。

虽然情书写得很不怎么样,而且这个写信的人,到底长得什么样子,我亦不很清楚。但我应该感谢他,他帮我唤醒了我内心沉睡的力量,我突然意识到,自己原来是有资本和那些高高在上的女孩子对抗的——那就是我的相貌。

就像丑小鸭有一天走到河边去喝水,它低下头,突然看见河面上出现了一个陌生的影子。这个漂亮的天鹅,到底是谁呀?它满心吃惊,东张西望,等它再一次低下头去,它才意识到,原来天鹅竟是它自己。

是的,就是这样的过程。那种惊讶、慌乱,还有怎么也不敢相信的喜悦,我都经历过。我突然发现自己原来是个漂亮的女生,肤色白皙,唇红齿白,有一双一笑起来就会说话的眼睛。虽然我的脸上,还会残留着感受过人间不幸的痕迹,可是生命成长的自然力量,已经让我可以做到能勇敢地将过去的不快,抛诸脑后了。

我的性格,就是在那三年里,发生了翻天覆地的变化。之前我是个胆小、避缩、容易绝望的女孩子,你能看出来吗?

这以后,我找到了和其他人抗衡的力量,那就是我的美丽。我得用它为自己做更好的事情,这成了我的人生理想——它并没有错,既然我并没有别的东西,而其他人大可以用钱、用家世、用教育,来为自己谋福利,我用我的相貌,又有什么错呢?

当时学校里的男生很少,药理针灸有一些,年轻人很奇怪,喜欢扎着堆追求女孩子。我也不知道究竟是怎么回事,就被炒作起来了。同时有五六个男生信誓旦旦地表示要追求我,在我看来,跟谁恋爱,远远比不上这样被人追求更令人愉快。

我接受他们的小礼物,跟他们一起出去吃饭,有时候也允许他们搂搂抱抱……总之,这些事儿,让我能感受到奇妙的力量,我和世界是一种平

第三十二章
秘密语人生

行的关系，而不是多年以来，让我所不快的那种大山压顶的感觉。

我这样的做法，显然得罪了周围的女同学。不知道你发现没有，我一直和同性相处得不太好。她们喜欢在背后出冷拳，带着置人于死地的尖酸，我特别受不了。

当时我们宿舍就有这样一个女生，她从一开始，就好像特别不喜欢我。等我身边有男生追求后，她就开始讽刺我，百般挑剔——你能想象吧，小女生之间的那些是是非非，斤斤计较。

她并不知道，如果可以，我是愿意跟她换的。有当官的父母，不用发愁的工作，身体健康，五官端正，我不明白她为什么会忌妒我这样一个就像蒲公英一样漂浮不定的女孩子。

后来，我开始听到她说一些不堪入耳的话了。她的矛头直指我和学校里的教务处长，对方是有家的呀，这将带来多大混乱。她太让我气愤了，我想报复她，给她一次致命的打击。

事后我也想过很多次，为什么我能做出这么可怕的事情来？

我本质可能就是一个心狠手毒的女人，保护自己时，不会有丝毫的心软。

我在宿舍里，开始偷起东西来。一些是我觊觎已久的，比方小录音机、漂亮的衬衫，还有钱等。当然，很快就被人发现了。我不仅在自己宿舍偷，也去别的宿舍偷。一时闹得有点人心惶惶。有没有人怀疑我？当然，稍微进行推理，就能猜到我的头上来。但我不怕，因为我想，反正我有办法。

偷东西，无论用的穿的，都是件费力不讨好的事，因为你没有办法用，也不敢穿，还总得想办法藏好。那个女同学家就在江中，我就开始对其他人说，那些丢了的东西，一定是她拿回家去了。

这个说法，暗合不少人的想法，因为毕竟没有人愿意真的在宿舍里展开大搜查。她拿回家了，则是一个轻而易举的借口，谁都不用再多多费心。

谣言这个东西就是这样，像附着在人身上的传染性病毒。她的处境，立刻就不那么美妙起来。可她有口难言，我能感觉到，她本能地猜到了这股阴风刮自何处，她看我的眼神变得越来越冷了。

我怕她吗？不，这中间自有乐在其中的滋味。偷来的那些东西，为了

保险，即便我再喜欢，也毫不犹豫地扔了。

　　到后来，我彻底给了她致命的一击。我将另一个同学的20元钱压在了她的床铺下面。大家忍无可忍，终于有人提议搜身。东窗事发，无论她怎么辩解，都已受到了狠狠地打击。

　　这算不算缺德事？应该算哦，后来我发现我很会这一套，比方居心不良，嫁祸于人什么的。我对自己说，时势造英雄，我也是被逼无奈。

　　但这事，一直留在我的心里，就像鞋子里的小石子，走起路来总觉得不那么顺畅。这个女同学，前两年我最风光时，重新见到过她，让我倍感欣慰的是，她对我可比我对她热情多了。她紧紧握住我的手，不停地恭维我，夸我漂亮、有本事。还说我是全体校友的骄傲呢！嗨，我能说什么呢？也许，不是当年我对她的那些伤害，她也不会今天的见风使舵、阿谀奉承吧？

　　王皓雯讲的这段故事，让我不禁笑了起来。人生可不就是这样，此一时彼一时的？那么事情又过去了几年，如果她的那个高高瘦瘦的女同学，现在再见到王皓雯，又该是什么嘴脸了呢？

　　正像张齐说的那句话，她成了知名人士，全国知名的倒霉人士。认识的、不认识的、了解的、不了解的，每天都有成千上万的人在议论她。女同学也该转变风头，换种口气来讲她了吧。

　　她又能否想到，王皓雯在人生退守之际，竟会想起她来？

　　王皓雯讲的第三个故事，则回答了我和其他很多人心里的一个疑问。那就是她的婚姻。

　　我的丈夫，我告诉过你吧，是做什么的。可是我相信，你也一定听别人说过更难听的话。没什么，这些我都知道。谁人背后不被人说呢？何况，我这样一个从来就处在风头浪尖上的人。

　　是的，他大了我很多岁，文化也不高。可是，他是在我最困难的时候，向我伸出双手的人。和其他人不同，他从来也没有主动要求我回报过什么，而且跟他结婚，是我先提出来的。

　　还记得吧，我离开你后，就先到了五仁乡镇医院。我要在这里待够两

第三十二章
秘密语人生

年。当时心里很悲观,不是恨你,而是觉得命运多舛,没有力气来对抗了。我那时早已知道你是怎么想我们的关系的,也能看出来,你父母亲那可笑的高傲。你是一个软弱的人——不,别不承认,你才不会为了什么跟谁抗争呢,跟任何人或事情抗争,都不是你的风格。所以,我心里很清楚,我们不会有未来了。

这事对我打击非常大,我想你大概无法想象那有多么沉重。我想我只能离开你,但另一方面,我还是有点不死心。我非得找到一份正式的工作不可,只有这样,我才能有机会再想办法重返江中。

这就是当时我之所以接受在五仁工作两年的原因。

你说人是不是这样一种动物?在不同的生命阶段中,性格也会发生不同的变化?

我曾经说过,小时候因为父母不和,让我成了一个孤僻、胆小、软弱的人。但后来出去读书后,我仿佛完全变成了另一个人,泼辣、大胆、疯张。这两种性格,就像我身上的两副扑克,不同的情境下,我会发出截然不同的牌来。

回到五仁后,我突然整个人就变了,和在学校时完全不同。又回到了小时候那种自我封闭的状态。就像网上出事后,你所看到的我一样。往日的胆量和精神气,不知道从头顶哪个缝隙里被抽走了。整个人萎靡不振,虽然每天都还在工作、生活,可和行尸走肉并没有什么区别。

然后有一天,我出事了。

那天我值夜班。偌大个院子里,就我一人。麻痹和消沉,让我连保护自己的心思都没有了。我竟然连门都没有插死,就那么睡了。

是的,是的,半夜三更,进来了一个当地的老乡,他奸污了我。

有好长一段时间,我不敢对任何人说这件事情。反而像是自己做错了什么,啊,你能想象那样的心情吗?

我不知道对方是谁,长得什么样子。我心里只有害怕,只想悄悄地,最好什么也不要说,让这件事变成暗疾,死在黑暗的沉默和难堪之中。

五仁,那是个北方偏远的小乡镇,一个大姑娘被人奸污了,只能是她自己的耻辱。

女发言人

因为我守口如瓶，事情竟然真的就没有传出去。这样相安无事过了半年，突然有一天，乡派出所的人叫我过去。

对方关上了门，拿出一张照片给我看，问我认识不认识。相片上是一个男人，二三十岁，头发几乎是剃光的。我摇头，对方就用一种怀疑的语气说：真的？你真的不认识？是不认识了，还是不记得？

我说不知道。我心跳如鼓，直觉就想，奸污我的人，肯定是他。

果真，那个警察说，他都已经招供了，就等你确认一下。当然，如果你不确认，也没有关系，反正也是他的罪行之一。此人罪大恶极，乡里公审的时候，我们都会公布的。

我不知道那天是怎么从派出所走出来的，脚步沉重得要命，走了没几步，就走不动了，坐在了路边。路边是玉米地，秸秆在风中哗啦啦地响。

后来，就遇到了我现在的丈夫。

他当时巧的是，也在派出所。派出所的所长是他的弟弟，正坐在一起吹牛呢。他一定听他们说了我的情况，再出来，见我神思恍惚地坐在路边，不由动了恻隐之心。

也许那时，我只是年轻吧。看不清世上的很多困难之事，其实是可以转换的。我不知道该怎么对派出所的人说出自己的害怕，也不知道怎样说，他们才能明白。

他们全都是些男人，对我这样的女人，天生就鄙薄蔑视吧。

恐惧和担忧，让我甚至吓得想到了死。我当时的样子一定非常可怕。他走过了我，又远远站住看着我。最后实在忍不住，站到了我的身边。他开门见山地就对我说：你是害怕那个坏蛋被公审，是吧？

我哽咽着点了点头。

他拍了一下他的大巴掌，说，别怕，我这就进去，跟他们说一声，你这事，他们不会公布的。你还要做人呢！

说着，他就转身又进了派出所。

我心里的希望陡然就升了起来。不一会儿所长和他一起走了出来，所长对我说，你为什么自己不提要求呢，既然有这个担心，我们就不会公布受害者的情况的。放心吧！

第三十二章
秘密语人生

我说谢谢谢谢。又对我的丈夫鞠了一躬,我说,大叔,你是好人。谢谢你啦。

是的,我当时就叫他大叔来着。

有了这么一种关系,他以后来五仁办事,就会来看看我。那时他大小算是个能人吧,因为带着一帮人,经常进城里去做工程,也有那么一些钱。

他老婆死了一两年了,一直还没娶。说嫁给他,是我主动提出来的。因为我觉得他应该是那个知道我的丑事,却绝不会嫌弃我的人。否则,他不会经常来看我了。我再想不出我的周围,还会有别的男人,对我这事可以做到完全的不在乎。

虽然公审时,没有说出我的姓名,但巴掌大的地方,又有什么事情,真的可以做到风雨不露呢?

结婚,对我来说,就是在不幸之上披件比较幸福的外衣。而且,结婚之后,他对我一直还算不错。

直到返回阳和医院,再去江中医院进修,压抑已久的性格中的另一面,被我翻牌一样地,又一次彻底翻了出来。

我突然意识到,我只有活在江中这样的大城市里,才能精彩,才能浑身充满力量。我相信人也和庄稼一样,必须找到适合自己的土质,才有可能长得蓬勃、有力,江中就是养我这株庄稼的土壤!

我再也不能回到五仁了,我拼死,也要留下来。

怀着这样的信念,我才一直在做挣扎和努力。以后的故事,大致就是那样了,你都知道的。

"那你和他呢?"我问。

"夫妻名义还是要的,这么多年了,我们各自过各自的,关键时刻,还能彼此帮忙。也没有什么不好的。我不打算跟他离婚,因为我不打算再跟什么人结婚。"

王皓雯的第四个故事,则解开了这么多年我的另一个疑问。

还记得吗,那还是她在江中进修的时候,我们旧情复燃,可是突然有一天,她就再也不理睬我了。现在她终于说了原因:

是孩子,是因为孩子。这是我无法承受的一个痛苦。

你不该忘记吧?那天晚上,你是和你的前妻散步来着,我在等你的时候,突然看见了你送她回家时的身影,她穿着孕妇裙,已经显怀了。那个刹那,我再也待不下去了,心里涌出了无尽的悲哀和恐惧,我赶紧就跑了。

我想,我再也不能找你了。你已经快要做爸爸了,我不能让自己身上的不幸,落在你的身上。

是的,我有个儿子,6岁多了。我从来也没有提过他,是不是?身上也没有带过他的相片。原因很简单,他是个残疾孩子,一出生,就有严重的脑瘫。我送他去了上海著名的一家康复医院。这么多年了,我一直不敢仔细去想这件事。因为我总觉得,他是上天给我的一记耳光,是为了惩罚我,给我的一个痛苦。

孩子是在五仁怀的,结婚后不久就怀了。生下来却是这样,我立刻就想到,这是我的报应。被人奸污后,不敢正视,又随便将自己嫁掉,看吧,这就是对自己不负责任的下场。

孩子的事让我特别自责。这可能也是女人的独特感受,很多女人都会有这样的心态,一旦孩子出了什么问题,就会想到是自己做了什么错事。

送孩子去上海后,我看他的机会并不是很多,一来康复费用很贵,我要为孩子赚钱。二来,那孩子似乎从来就没有认识过我。这是让我最感心碎的地方。偌大个世界,并没有什么人和事,真正能让我产生心心相连的感觉,你知道这样该有多么的空虚吗?永远都像是踩在棉花上,永远也没有脚踏实地的感觉。这大概也就是为什么,我即便做起一些坏事来,也有游戏人生的感觉吧。

这么跟你说吧,一次去看孩子的时候,在飞机上,我认识了一个男人。不想多说他什么了,总之,他坐在我的旁边,知道我是独自一人去上海后,就约我一起,住在同一家酒店里。我不反感他,心里也非常明白他是想要做什么。但那次,我只有一天的假,第二天中午就必须回江中。本来我的计划是下午到,立刻赶去医院,晚上陪孩子一夜,可以待到第二天上午。可结果是,我一下飞机,就去跟那个男人鬼混了。

一直到第二天,该返回江中的时间,我一直跟他在一起,并没有去看

第三十二章
秘密语人生

儿子。

回来的飞机上,我一直在想这件事情,特别痛苦,也特别特别地恨自己,厌恶自己,一路下来,我将自己的手指都掐烂了。

王皓雯说到孩子时,脸上的表情是空洞苍白的,一点力量或是生气也没有了。正像是她自己说的,又翻到了另一张牌。

这世上,谁会没有秘密呢。可是秘密,似乎才是让一个人完整起来的东西吧,它们不仅能够让你看到,在人生的每个阶段,她会走出怎样的轨迹,还会让你明白,某个瞬间,她突如其来的伤感,或是脱口而出的一句话。

这也是为什么人人都会对他人的隐私感兴趣的缘故。它们正好揭示了平凡生命的非凡之处。让你学着用他人的目光,去观察世界。

在最普通又复杂的别人的故事里,我们都在寻找着一些共性的东西:不管是什么样的人生,底下都有着不为人知的妥协和悲哀。

每次想到王皓雯的秘密时,我脑海里总会浮现出这样几个画面:她一脸认真地在拓墓碑上的字、X光室里,她伸出手来抚摩我的脊背、医院的走廊上,她对我视而不见扬长而去、在五仁的山上,她泪流满面地喊山……

正是因为有了这些细节,我才会对她,怀有信任、希望和感动吧。

不管她说遭受过性别、命运、工作、爱情婚姻,还是任何别的什么不公,她依然是我最早认识的那个王皓雯。

大胆、泼辣、热情,虽然行为时有不轨,却依然警醒聪明。她一定会在合适的时候,离开迷失的道路,找回自己。

否则,她何苦再回到五仁?

2009年春天,我和熙娴自驾游去平遥玩,回来的路上,经过五仁,霍然看见路边立着一个硕大的广告牌——五仁敬老院。

看照片上的地方,那么眼熟,正是王皓雯曾躲藏过的废弃山庄。

我不由大为好奇,二话不说,就将车拐了一个弯,沿着山路开去。

　　山庄已经修葺一新，门窗都涂了新漆，当院的场地也铺上了地砖，还有一些健身器材。几个老头老太太坐在树荫下打着麻将，其中豁然就有我曾在五仁医院见到过的那个被"寄养"的老头儿。

　　令我吃惊的是，我还见到了王皓雯那个得老年痴呆的父亲。正在康复室里，做着理疗。

　　不出我所料，这所孤老院，正是她办的。

　　但她那天不在这里，而是去上海看孩子了。

　　我在电话里对她说，我看到了她做的"善事"，她哈哈一笑："那其实花不了几个钱，拿我妈退我的6万元钱，就建起来了。只当我坏事做多了，积点德吧。"

　　可我想，她这样做，并不是简单的行善积德。

　　她是在寻找治疗自己心灵创伤的一剂良药。

　　善或是爱，是人的本能。虽然生活里不乏因爱生恨的人，但恨终是形式，爱才是内核。只要没有彻底扭曲，没有彻底变态，任何一个正常的人，都会发现，善或爱，最是适心怡性的好东西，也只有在这样的状态中，人才能尽可能多地感受到愉悦和安然。

　　虽然每个人，都会遭受这样或那样的不公，可是给需要帮助的人助以援手，则是让自己的伤口不会那么疼痛的最好办法。

　　我对她说："多年之后，我能想象得出来，走在五仁大地上的你，将会变成一个丰硕强健的女人。你会走得很慢，身子挺得笔直，如同一个喜爱感受脚底下的肥沃土地的乡村妇女那样，迈着坚定的步子。到那时，当我对别人说起，这个王皓雯，曾是我爱过的一个女人时，心里该是多么的自豪啊。"

　　她沉默良久，并不说话。

　　我仿佛看到，好多年前她年轻的面庞，对我做了一个既羞怯又调皮的鬼脸。